忘れ得ぬ人　忘れ得ぬ言葉

五木寛之

新潮選書

はじめに

なにが面白いといっても、やはり生身《なまみ》の人間がいちばん面白い。

それも文章でなく、ナマの言葉だ。

私はこの歳までに、ずいぶんいろんな人と会い、直接に言葉をかわしてきた。仕事で会ったこともあり、遊びや偶然の出会いもある。

それぞれに一家をなした人の言葉には、独特のオーラがあって、何十年たっても忘れることがない。その言葉を発したときの、その人の表情から身振り、声色までがいつも鮮やかに浮かびあがってくるのだ。

先ごろ寝つけぬままに、これまでに会って言葉をかわしたユニークな人びとの名前を指折り数えていたら、四、五百人を超えたあたりで眠ってしまっていた。

その日、その時、その場で発せられた言葉を思い出しながら、自分の過去を思い返すことがある。

「一期一会」というより「一語一会」の記憶が、それをもらした人の表情や声色、周囲の状況までを鮮やかに再現してみせてくれるのだ。

「人は言葉だ」というのが私の固定観念であるが、それを文字にしてしまったとたんに、何かが急速に消えうせてしまうのを残念に思っていた。この本に集められた言葉は、その時、その場の情況のなかで発せられたものばかりであるが、いまも忘れがたい言葉ばかりだ。

言葉の意味より、それを語った人の存在感、雰囲気を可能な限り再現しようとつとめたのだが、文章というものの無力さをはっきりと見定めた上で、限界まで言葉の技《わざ》をつきつめようとつとめたつもりである。

時間とともに人の記憶は薄らいでいく。何年かたつと、人々の記憶は略歴という類の文章にまとめられ、生きた記憶は消え失せてしまうのが常だ。

私はできる限り、その人の呼吸の感じまでを再現したいと願った。儀礼的な鎮魂の言葉ではなく、ときには失礼と思われるような表現さえあえて用いたのはそのためだ。それはひとえに、ここにとりあげさせて頂いたかたがたへの深い思いにもとづくもので、単なる好奇心からではない。

「あの人が、こんなことを――」

と、驚かれる読者もおられるにちがいない。

「いや、それはちがうだろう」

と、反撥する人もいるだろう。なかには、

「こんな下世話なとりあげかたをするなんて」

と、心外に思われるかたもおられるかもしれない。

しかし、私は単なる好奇の目で、これらの人々と接したわけではなかった。「一期一会」という思いで、一瞬の出会いを受けとめたのである。

長大な伝記によって再現される人物像もあるだろう。詳細な資料によって描きだされる人生もあるかもしれない。しかし、一時の出会いのなかで、ふと、ぽつんともらした一言に、その人物の真実があざやかに反映することもあるのではないか。

私がこの世界でもっとも深い関心を抱いているのは、個人である。長文の経歴でもなく、ジャーナリズムでの紹介でもない。一個の人間として、すべての人々と生き身で接し、一瞬の時間を共有した。その瞬間のワンショットが、この一冊のページに反映していると言っていい。

私はここに描いた人々との出会いを、生涯の記憶として心に抱き続けてきた。それぞれの姿の奥に、〈人間〉という存在への愛しさと、つきせぬ興味がひそんでいることを感じとって頂ければ、と、ひそかに願っている。

これはまた私の自画像でもあるのだ。できれば笑って読んでいただいて、その背後にある人間への偏愛を感じていただければ、と、ひそかに願っている。

忘れ得ぬ人　忘れ得ぬ言葉　目次

忘れ得ぬ人　忘れ得ぬ言葉

ぼくはあなたよりも、あなたが読んでいる本に興味があるんだ

寺山修司《てらやましゅうじ》（歌人、劇作家　一九三五年〜一九八三年）

いかにも寺山修司らしい発言

寺山修司の時代、というものがあったように思う。

時代が彼を引っぱったのではなく、彼が時代をつくったのだ。

寺山修司は、歌人、劇作家、小説家、時評家、演出家、そして歌謡曲の作詞からスポーツ

評論等までこなして、そのどれもが出色《しゅっしょく》の才能を示した表現者であった。

津軽弁の訛《なま》りを気にしてか、最初のうちは口が重たいが、やがて喋《しゃべ》りだすと止《とど》まるところを知らざる雄弁家だった。

私が若い頃、彼と雑誌の対談をやることになった日のことである。なにかの都合で、その対談は私の仕事場で行うことになったのだが、三十分も早くやってきた彼は、私の仕事場の壁際に積みあげてあった本を、一冊一冊、手にとって点検するようにチェックしていった。

それはまさに点検といった感じで、単なる興味本位の行為ではなかった。

「もういいだろう。そろそろ対談の仕事にかかろうじゃないか」

と、うながすと、彼は首をふって、こう言ったのだ。

「ぼくはあなたよりも、あなたがどんな本を読んでいるかのほうに興味があるんです」

対談を主催する雑誌の編集者も、困ったように手をこまねいて傍観しているだけだった。

三十分ほどかけて、部屋をかぎ回る猫のように私の蔵書を眺め回したあと、彼は微笑して呟《つぶや》いた。

「もう話すまでもないさ。ぼくには五木寛之という人物が、レントゲン写真のようによくわかったからね」

チグハグさが才能の魅力

それでも雑誌のための対談はやってください、という担当編集者の必死の提案で対談は始まった。

その対談のなかで、彼は階級社会における性的プロレタリアートの話題を持ちだした。経済的な階級論ではなく、性の問題として現代の人間阻害の状況に触れたのは、いかにも彼らしい発想だったと思う。

寺山修司という人物には、どこかにチグハグな感じがあった。彼とはじめて会った某編集者は、こんなふうに述懐《じゅっかい》していたものである。

「なんか変なんですよね。田舎くさくて朴訥《ぼくとつ》な雰囲気なのに、ピッカピカのアタッシュケースなんかさげてるんですから。なにかシュールな感じがして、よく理解できないところがありましたね」

そのチグハグさが寺山修司という才能の魅力なのかも知れない。前近代と近代、そして芸術性と卑俗性の交錯《こうさく》。

彼の仕事を外国作品の切り貼りだと批判した評論家がいたが、それはちがう。コラージュそのものを思想の域にまで高めたのは、彼の独創性である。その人を見ずに、その人の読んでいる本を見て判断するというのは、いかにも寺山修司らしい発言だと、今でも思う。

寺山修司　青森県生まれ。高校在学中より俳句、詩に早熟の才能を発揮。早稲田大学教育学部に入学（のちに中退）した一九五四年、「チェホフ祭」五十首で「短歌研究」新人賞を受賞。以後、放送劇、映画作品、さらには評論、写真まで、活動分野は多岐にわたる。とりわけ演劇には情熱を傾け、演劇実験室「天井棧敷」を主宰。

命、お預かりします

徳《とく》大《だい》寺《じ》有《あり》恒《つね》（自動車評論家　一九三九年〜二〇一四年）

徳大寺さんが切り開いたモータージャーナリズムの世界

故・徳大寺有恒さんは、自動車ジャーナリズムの世界のレジェンドである。

自動車に関する記事をジャーナリズムとして世に認めさせた人物であり、またエッセイの達人として文学者にも一目おかせる存在だった。

クルマに関する文章をニュースとして読むことはあっても、一般の読者にとって、それはあくまで情報であり、繰り返し読んで味わうものではなかった。そんな世界に、文章そのものの味わいを楽しませてくれる書き手がはじめて登場したのである。

ふつう自動車を運転しない人は、クルマの記事や情報には関心を持たない。しかし徳大寺さんの書くものは、クルマに縁のない人が読んでも面白いのだ。

徳大寺さんが切り開いたモータージャーナリズムの仕事は、まだ誰にも引きつがれていないように思う。

かつて「五木レーシング」というチームを作ってマカオグランプリに出場したことがある。シビックのワンメークレースだった。

私が一応、名前だけのオーナーで、監督が徳大寺さん、ドライバーが黒沢元治《もとはる》さんというメンバーである。『青春の門』とか、いろんな出版社のステッカーをべたべた貼った車は、かなり目立っていたように思う。

マカオに行く前に、箱根でその車を試乗したことがあった。運転するのは徳大寺さんで、私は横に乗った。

名ジャーナリストは運転のプロだった

ジャーナリストとしての徳大寺さんはよく知っているが、ドライバーの腕については、それまで体験したことがない。

小さなクルマに窮屈《きゅうくつ》そうに乗りこむと、徳大寺さんは私を見て、

「命、お預かりします」

と、ヤクザ映画の主人公のような口調で言った。

「お手やわらかに」

と、私が応じたときは、車は弾丸《だんがん》のようにスタートしていた。カーブの多い箱根の道を、文字どおりすっ飛んでいくような走りである。ほかの一般車のいない早朝なので、右へ左へとクルマがドリフトする度《たび》に、私は声も出ない有様でシートにしがみついていた。

私は徳大寺さんを誤解していたのだ。ゆったりした体軀《たいく》と親しみやすい笑顔の陰に、荒ぶるドライバーの血が流れていることに気づいていなかったのである。

どれくらいの時間がたったのだろう。

「お疲れさまでした」

と、徳大寺さんに肩を叩かれたとき、私はぐったりしてしまっていて、すぐに返事ができなかった。

「ちょっと飛ばし過ぎましたかね」

と、徳大寺さんは言った。

「わたしも一、二度、ヒヤッとしたときがありましたけど、まあ、なんとか」

マカオでは残念な成績に終ったが、それはあの出版社のステッカーのせいだったのかもしれない。

徳大寺有恒　東京都生まれ。成城大学卒。一九六四年に日本グランプリでレーサーデビュー。引退後、カー用品会社「レーシングメイト」を設立するも経営破綻。雑誌のライターを経て自動車評論家に転身し、自動車専門誌や男性ファッション誌、テレビ、新聞など幅広いジャンルで活躍した。七六年、『間違いだらけのクルマ選び』がベストセラーに。

人間は生まれた時から、
死へ向かってとぼとぼ
歩いていくような存在です

小林秀雄《こばやしひでお》（評論家　一九〇二年〜一九八三年）

小林秀雄さんが呟かれた言葉

むかしは文壇というものがあって、ジャンルをこえて物書きが交流する機会が少《すくな》くなかった。

小林秀雄さんとは、講演会の講師として何度かご一緒することがあって、今も記憶に残っ

ている ことがいくつもある。

はじめて小林さんのお話をうかがったとき、何か若い頃の思い出話を淡々《たんたん》となさっていたのだが、途中で、ふと思いついたようにボソボソとこんなことを呟《つぶや》かれた。

「人間は生まれた時から、死へ向かってとぼとぼ歩いていくような存在です」

当時、私はまだ若かったのだが、その呟くような言葉がひどく心に刺さった記憶がある。

文藝春秋社の講演会でどこか地方の街へご一緒したとき、私が前座をつとめることになっていたのだが、小林さんが突然、

「ぼくに先に話をさせてもらえないかな」

と、言われた。

「でも、それじゃちょっと——」

と、私が尻ごみすると、

「はやく仕事を終えて、酒呑《の》んで寝たいんだよ。たのむよ」

新人の私は恐縮しながら小林さんの後に登壇することになった。当日の聴衆のなかには、けげんに思われたかたもきっといらっしゃったことだろうと思う。

真実は、軽々しく口にすべきものではない

人生百年時代などといったところで、人はある時間を生きて、かならず去っていく存在である。そのことは誰もが知っていて黙っている。大声でそれを言わないのは、あまりにも当然すぎることだからだろう。

真実というものは、軽々しく口にすべきものではない、と私は昔からそう思ってきた。人は皆、それをわかって生きているのだ。

小林さんの述懐《じゅっかい》が少しもケレン味を感じさせないのは、死を特別なこととして受けとめていないところにあるのではないだろうか。

私が学生だった時代は、どこか熱に浮かされているような空気のなかで、あまり小林秀雄を読む機会がなかった。いまでも必ずしも良い読者というわけではない。しかし、小林さんの対談とか、座談会での発言とか、講演などはみつけ次第、読む。

漫画家の故・横山隆一さん、横山泰三さんご兄弟とは、よくお喋《しゃべ》りをする機会があって、晩年の小林さんのことはお二人からしばしば伺うことがあった。

「兄貴はね、小林さんが亡くなったら、かたみに小林さんのゴルフセットを頂戴《ちょうだい》する約束をしてるらしいよ」

と、横山泰三さんは笑いながら言っておられた。文学者ではないだけに、遠慮のないおつき合いが続いていたようだ。

講演の途中で、話の本筋とは関係なく、ぽつんと呟くようにもらされた言葉を、ふと思い出す昨今である。

「とぼとぼ歩いていく」という表現が、今も耳に残って消えない。

小林秀雄　東京都生まれ。東京帝国大学仏文科卒。一九二九年、「様々なる意匠」で「改造」誌の懸賞評論二席入選後、独創的な批評活動に入る。戦中は古典に関する随想を手がけた。著書に『文藝評論』『無常といふ事』『私小説論』『ドストエフスキイの生活』など。『本居宣長』で日本文学大賞受賞。

激しい豪雨ではなく
日本らしい雨期に
なって欲しいです

八《や》千《ち》草《ぐさ》薫《かおる》（俳優　一九三一年〜二〇一九年）

八千草薫さんからの手紙

手紙類を整理していたら、昨年（二〇一八年）いただいた八千草薫さんの封筒が出てきた。読み返してみて、ここに挙げた何気ない一行にひどく心を打たれた。

台風十九号だけでなく、この数年、思いがけない雨の被害が続いている。この国の天候がどうかしてしまったのではないか、と思わせる気象の変化である。しとしとと降り続く静かな雨ではない。熱帯地方のスコールを思わせる集中豪雨がゲリラ的におそってくるようになった。庭木を賞《め》でることを楽しみにしている、とおっしゃっておられた八千草さんにとっては、最近の雨は異国の現象のように感じられたのではあるまいか。

八千草さんには、私の原作のドラマで何度も大事な役を演じていただいた。故・芦田伸介が扮《ふん》する音楽ディレクターが通う函館の小さな酒場、「こぶし」の女主人の役である。「旅の終りに」という古風な演歌の一節に、私はこんな歌詞を書いたことがあった。

〽旅の終りにみつけた夢は
北の港のちいさな酒場
暗い灯影《ほかげ》に肩寄せあって
歌う故郷の子守唄

それは八千草さんの演じる女主人が、ひっそりと誰を待つでなく存在する架空の酒場のイメージだった。そしてその役は八千草さん以外には考えようがなかった。

女優・八千草薫を生き抜いた希有な存在

女優さんに限らず、政治家でも作家でもそうだが、メディアを通して私たちが思い描くイメージと、現実の人物とでは大きな落差があるものだ。

世界のトップテナー、パヴァロッティに会ったときもそうだった。これがあの大劇場の舞台を狭く感じさせる世紀のスターかと意外に思ったものだった。

しかし、はじめてお会いしたときの八千草さんは、私たちが思い描く八千草薫そのものだった。そして頂いた手紙の文字も、文章も、完璧に八千草薫以外の何者でもなかった。

あれも、これも、演じていたのだろうか？　人の知らない八千草薫の姿が、どこかに隠されているのだろうか？

私はそうは思わない。いや、思いたくないのだろう。女優さんなら墓場の下までそのイメージを背負って去るべきである。そして八千草薫という人は、それを守り抜いて世を去った希有《けう》な存在だった。

その手紙の一節に彼女が書いていた言葉が、最近しきりに思いおこされる。

はあるまいか。
「日本らしい雨」とはなんだろう。彼女が予感したのは、天候のことだけではなかったので

この国の人びとの営みや、人間模様が「日本らしい」気配を失いつつあることへのため息をそこに感じるのは私だけだろうか。

彼女の死と共に、何か大事なものが失われたような気がしてならない。

八千草薫　大阪府生まれ。一九四七年、宝塚歌劇団入団。五一年、銀幕デビュー。五七年、宝塚を退団。「岸辺のアルバム」でテレビ大賞主演女優賞（七七年）、「阿修羅のごとく」で日本アカデミー賞優秀助演女優賞（二〇〇四年）受賞。一九九七年、紫綬褒章、二〇〇三年、旭日小綬章を受章。夫は映画監督の谷口千吉。

鍛えれば歯茎でスルメでも噛めるんだ

秋山庄太郎《あきやましょうたろう》（写真家　一九二〇年〜二〇〇三年）

名物編集長から持ちこまれた話

私は六十年あまりの作家生活のなかで、何度か週刊誌の表紙になったことがある。

「週刊現代」の名物編集長だった故・川鍋孝文さんが、その話を持ちこんできたのだ。

「でも、おたくの雑誌は、美人女優さんの顔写真が売りものじゃないですか」

「だから、それを変えようというんです」

と、待ってましたとばかりに大声で反論する。

「いいですか、アメリカの雑誌を見てごらんなさい。『タイム』だって『ライフ』だって表紙は男の写真が当り前。ジャラジャラ女優のアップを表紙にしてるんじゃ、ジャーナリズムとは言えんでしょう。ぜひお願いします。週刊誌に革命をおこしたいんですよ。トップバッターは長嶋でいきます。五木さんが二番バッター。いいですね」

と、有無を言わせぬ勢い。

「写真は超一流でいきます。秋山庄太郎。あの人も女性ばかり撮ってるんじゃ張り合いがないでしょ」

秋山庄太郎さんは、巨匠である。だが、私にとっては麻雀《マージャン》の好敵手だ。文士ぞろいの仲間に、秋山さんだけは特別ゲストだった。「庄ちゃん、庄ちゃん」と親しまれていた。

卓をかこんで行った徹夜麻雀

秋山さんは麻雀の席では、入れ歯を外していた。ふだんでも入れ歯をするのが面倒そうだった。

徹夜麻雀で腹がへって、丼ものの出前を取ったりするときがある。秋山さんは入れ歯なしで旺盛《おうせい》な食べっぷりだった。

横から吉行《よしゆき》淳之介さんが、

「庄ちゃん、入れ歯なしでも物を食べられるの」

と、きく。すると秋山さんは笑って、

「鍛えれば歯茎《はぐき》でぜんぜん平気。鍛えれば歯茎でスルメでも嚙めるんだ。ほら、この通り」

と、タクアンをばりばり嚙んでみせる。

「鍛えてるわりには、麻雀は一向に強くないじゃないか」

と、からかうのが阿川弘之さん。

「ハイ、リーチ」

と、秋山さんは歯茎を見せて笑う。

思えば三十年前は、ソーシャルディスタンスなど気にせずに怒鳴り合い、口から唾《つば》をとばして子供のように卓をかこんだものだった。

撮影のときはえらく厳しいと聞いていたが、徹夜麻雀の席では悪餓鬼《わるがき》のような上機嫌である。

さて、撮影の日は少なからず緊張した。なんといっても表紙を撮らせたら第一人者の巨匠である。

しかし、撮影は意外にあっさりしたものだった。そこに麻雀の席とは打って変わったプロの厳しさがあった。

その週刊誌が出たあと、川鍋編集長と会って、三冊目は誰？　とたずねると、彼は手を振って、

「ああ、二号でやめます。ミスターの表紙でもぜんぜん売れなかった。やっぱり表紙は女性だね」

秋山庄太郎　東京都生まれ。早稲田大学卒。映画雑誌写真部勤務を経てフリー。女性のポートレイトを主に手掛け、四十代半ば以降は芸術性に富む「花」の作品にも力を入れた。「日本写真家協会」「二科会写真部」の創立会員になるなど写真関連団体の要職も務めた。

ぼくらは同じ刻印を背おった人間だから

三木《みき》 卓《たく》（作家、詩人　一九三五年～二〇二三年）

大学構内のベンチで呟いたひと言

三木卓は本当にすぐれた詩人だった。
彼の訃報をきいた時には、これで一つの時代が終った、と感じた。
彼は私が大学生だった頃、同じ教室でロシア文学を学んだ仲間である。

冨田くん、と私たちは気やすく彼のことを呼んでいた。

一緒に文芸パンフレットを作り、時にはデモに参加したこともあった。

冨田くんは脚が不自由で、片方の脚をわずかに引きずるようにして歩く。しかし、その歩き方には他者の助けを借りない確固たる格調があり、私たち仲間は一度も彼を支えたり、手伝ったりしたことがなかった。それをさせない矜持《きょうじ》というものを彼は常に身辺に漂わせていたからである。

あるとき、大学構内のベンチに坐《すわ》ってコッペパンを分け合って食べていると、ふと彼が呟《つぶや》いたのが、こんな言葉だった。

私にはすぐに冨田くんの言わんとすることがわかった。私も同じことを感じていたからである。

「ぼくらは同じ刻印を背おった人間だから」

彼は十一歳で旧満州から引揚げてきた人間である。私もほぼ同じ年齢で平壌《ピョンヤン》から引揚げてきた。

引揚者として生涯消えることのない印

ウクライナでの戦争が始まってから、私たちはくり返し祖国を離れる難民の姿を映像や写真で見た。生理的に胸が痛んだ。

しかし、難民は引揚者ではない。みずから国を離れた人びとである。

外地からの引揚者は、どこかそれとはちがう傷を刻印されているのだ。

引揚者とは、みずからの母国へ、追い返された人間だからである。いわば〈追放者〉といってもいいだろう。

私たちの背中には、追放者とされた人間の印《しるし》が刻印されている。その印は生涯消えることはない。

私たちは自らが育った土地を郷愁《きょうしゅう》で語ることはできない。それは禁じられた記憶である。

どれほど多くの少年少女、そして人々が追放者として戦後の時代を生き抜いてきたことか。

すでに外地引揚者、などという言葉も、死語になってしまった。そして、そのことはもう、語り継がれることもないだろう。歴史とは常に陽の当る世界だけを語るものだからである。

冨田くんは、詩人、文学者、三木卓として見事な作品をのこした。

いま、この列島に同じ刻印を背おった人々が、少しずつ消えていこうとしている。やがては引揚げの記憶を語る人もいなくなることだろう。

カミュの『異邦人《エトランジエ》』を、私は「引揚者」と、あえてねじ曲げて読んだものだった。それらの人々にとって「ふるさと」の歌に託されたイメージは、「うさぎ追いし　かの山　小ぶな釣りし　かの川」ではない。せめて彼が残した呟きを忘れないようにしよう。

三木 卓　東京都生まれ。早稲田大学卒。本名・冨田三樹（とみた・みき）。一九六七年、詩集『東京午前三時』でH氏賞、七一年、『わがキディ・ランド』で高見順賞、七三年、「鶸」で芥川賞受賞。『震える舌』は映画化もされ話題になった。児童文学や絵本、翻訳など幅広い分野で活躍。他に『路地』（谷崎潤一郎賞）、『K』など。

みんな薄情なんだなあ

藤子不二雄Ⓐ《ふじこふじお》（漫画家　一九三四年〜二〇二二年）

漫画界の巨匠から滲み出ていた人徳

藤子不二雄Ⓐさんは二〇二二年四月に亡くなった。藤子Ⓐさんというより、本名の安孫子《あびこ》素雄《もとお》さんとしてつきあった記憶がよみがえってくる。残念でならない。

藤子Ⓐさんは富山の人だった。氷見《ひみ》という魚のめっぽう旨い町の出身である。いちど氷見を訪れたとき、町の中央に大きな漫画の主人公の像がそびえていて、びっくりしたことがある。

藤子Ⓐさんと私の交流は、もっぱら麻雀《マージャン》の場だった。赤坂に作家を中心とした溜まり場があり、いろんな小説家や画家、写真家、ジャーナリストが日夜そこに集っていたのだ。

そのなかに藤子Ⓐさんもいた。

私たちは藤子Ⓐさんの本名の安孫子さんとしてつき合っていた。藤子Ⓐさんは卓を囲んでいて自然と座が和む人徳の持主だった。ときどきチョンボをやらかしても、誰も文句を言わなかったのは、人徳と言うべきだろう。

作家、編集者のグループと共に、スコットランドのゴルフ場を周遊するという贅沢《ぜいたく》な旅行に、藤子Ⓐさんが同行したときの話である。

最後の日程を終えて、一行がバスでヒースロー空港にむかっている途中、突然、藤子Ⓐさんが、首をかしげて、

「あれ？　おかしいなあ」

と言い出した。

「どうしたんだい」

と、仲間の一人がきくと、藤子Ⓐさんは頭をかいて、

「パスポートをホテルに置いてきちゃったみたいだ」

と言う。ぜんぜん落着いた口調だった。

忘れ物をしたことより置いてけぼりが悲しい人

「ホテルだって？　どこにあずけたんだい」

空港にはまもなく到着するというタイミングだ。一同唖然《あぜん》として顔を見合わせる。

「どうやら貴重品入れの金庫にしまい込んだ気がする」

「おい、おい、冗談じゃないぜ」

と、頭を抱えた仲間の一人が、

「いまさら引き返してたら飛行機の時間にまにあわない。どうする？」

当の藤子Ⓐさんが一向にあわてた風情がないのがおもしろかった。

一同、がやがやと対策を協議するが、当の藤子Ⓐさんはぜんぜん困惑した風情がない。

「仕方がない。安孫子さんだけ後の飛行機に乗ってもらおう。いまさら全員キャンセルって

わけにもいかないし」

「ぼくだけ置いていくのかい」

と、藤子Ⓐさんは情けなさそうな声を出した。まるで幼稚園の児童のような表情だった。

「仕方がないだろ。あんたが不注意だからこんなことになったんだ」

と、リーダー格の作家が言った。藤子Ⓐさんは、ちょっとおどけた口調で、

「みんな薄情なんだなあ」

と、涙をふくしぐさをしてみせた。藤子Ⓐさんは、とても人恋しい人なんだな、とそのとき思った。もうずいぶん昔のことになる。合掌。

藤子不二雄Ⓐ　富山県生まれ。小学五年生のときに藤子・F・不二雄と知り合う。一九五四年、藤子Fと上京、後に手塚治虫と入れ替わりでトキワ荘に入居する。コンビ名・藤子不二雄で共作した『オバケのQ太郎』が六四年にヒット。藤子Ⓐとしては『忍者ハットリくん』『怪物くん』の他、『黒ィせぇるすまん』など大人向けの作品も手掛けた。

世の中はちょっとルーズなほうが住みやすいのよね

犬《いぬ》養《かい》道《みち》子《こ》（評論家　一九二一年〜二〇一七年）

ドイツ市民の厳密な習慣

評論家の故・犬養道子さんは、一時期ドイツに住んでいらした。

その頃の話を何度もうかがったが、こんなエピソードが記憶に残っている。

犬養さんはそのころ、犬だか猫だか忘れたが、ペットを飼っていらして、とても可愛《かわい》がっておられたという。

そのペットが死んだので、気持ちとして忘れ難く、ひそかに自宅の庭の樹の下に埋めた。するると翌日、警察がきて、犬を庭に埋めるのは違法である、という。

深夜、こっそり埋めたのに、どうして露見したのだろうとたずねると、すぐお隣りのアパートに住む老婦人から警察へ通告があったということがわかった。

その老婦人は、日がな一日ずっとカーテンのすきまから近隣の住人の動静をうかがっているのが生き甲斐《がい》だったらしい。時には双眼鏡であちこち監視していたという。

ドイツの市民は、法を守ることに厳格である。自動車を運転していても、ちょっと交通規則に違反する車があると、周囲の車が一斉にクラクションを鳴らして注意したりする。

車を洗わずにいると、近所の人から注意されることもあったそうだ。

そんなこんなで、いささか気が重くなってフランスに引っ越した。フランスもある意味では厳格なところのある国だが、お互いの私生活には干渉しない自由さがあって、気持ちがうんと楽になったのだそうだ。

コロナ禍で心に留めたい犬養さんの言葉

コロナ以後、なんとなく世の中が相互監視の空気が濃くなったようで、少し気が重いところがあり、ふと犬養さんの言葉を思い出してしまった。

自粛警察などという言葉もときどき耳にする。東京から地方にいくと、なんとなく行動を注目されているような気がして落着けない、という話もきいた。

頼むから盆暮れには帰省しないでくれ、と故郷の両親から言われたという地方出身の学生もいる。

電車やバスの中で、くしゃみが出そうになって我慢するのに大変でした、などという話も聞く。まわりの人たちの目が怖いのだ、と首をすくめていた。

周囲に迷惑をかけないように生きることは大事である。しかし、目を三角にして他人の行動を監視する社会は息ぐるしい。

自由と自粛と、そのかねあいの難しさをつくづく感じさせられる昨今の空気だ。

「世の中はちょっとルーズなほうが住みやすいのよね」

と、犬養さんは苦笑して言っていた。

アメリカの中産階級が住む郊外の住宅地では、前庭の芝生の手入れを怠っていると、近所の住民からクレームがくることがあるという。住宅地全体の雰囲気が乱れるということだろうか。

「人を見たら陽性と思え」

という世の中に、なんとなく息苦しい気がするのは私だけだろうか。

犬養道子　東京都生まれ。祖父は一九三二年の五・一五事件で海軍将校に射殺された犬養毅首相。津田英学塾を中退後、四八年渡米、のちオランダおよびフランスで聖書学を学び、五七年、帰国。八〇年代以降は飢餓や難民問題に取り組んだ。著書に『聖書を旅する』『こころの座標軸』『国境線上で考える』など。

嘘をつくなら壮大な嘘をつこう

深作欣二《ふかさくきんじ》（映画監督　一九三〇年～二〇〇三年）

原作者と監督の徹夜麻雀

京都でのある一夜、徹夜麻雀《マージャン》の後に、深作さんがふともらしたひと言が妙に頭に残っている。

そのとき深作さんと会ったのは、私の『戒厳令《かいげんれい》の夜』を映像化する可能性について語り合うためだった。その長編は結局、深作さんではない監督の手で映像化されたのだが、深作さんは最後まで自分が撮りたかったと言っていた。

「仁義なき戦い」その他、数々の問題作を手がけた深作さんは、一面、政治・国際問題にも深い関心をもつ論客だった。

最近では原作者と監督が徹夜で麻雀をするような風景は、ほとんど見られなくなったようである。しかるべきエイジェントが間にはいって、ビジネスとして仕事がまとまる例が多いらしい。それはそれで創作活動の近代化と言えるとは思うのだが、昭和生まれの私としてはどこか一抹《いちまつ》の淋《さび》しさがないわけではない。

大島渚《なぎさ》、浦山桐郎《きりお》、などの映画監督との対話は、しばしば、というよりほとんど喧嘩腰の激論にはしることが多かった。

その点、深作さんは相手の話をじっくり聞いた後で、論理的に反論を展開する。アウトローの映画作品を手がけて、どこか怖そうなイメージのある深作さんだが、むしろ女性的といっていい繊細さを内に秘めている感じがした。

深作さんのひそかな願望

ブラッキーな世界に身をおきながら、深作さんは常にどこかで、ロマンチックな恋物語や、世界規模の壮大なフィクションを撮る願望を心に秘めていたのだろう。彼は『戒厳令の夜』に触れて、こんなことも書いている。

〈(前略)少年期の敗戦、世界と日本への再認識、インターナショナル革命への憧憬《しょうけい》と挫折、敗戦国民としてのレジスタンス運動への関心、更にさかのぼってスペイン人民戦線への関心、日本の政治へのドス黒い怒りと絶望、人間への不信とマシンへの屈折した愛情、アジェンデ政権崩壊への危機感と焦燥《しょうそう》感――それらはまさしく、昭和ヒトケタの世代に属する者たちが、戦後三十年の歩みの中で、否応なく対応してきたものなのだ。(後略)〉

「仁義なき戦い」は、たしかに深作的世界の一面ではあるが、それがすべてではない。

深作さんの麻雀は、私などとは比較にならないほど理論的で細心だった。作家と監督の資質のちがいを、そのときつくづく感じさせられたものだ。

いまはもう、壮大な嘘、などという言葉は流行《はや》らないだろう。世界の指導者たちは壮大な嘘をつくより、目先の公約を実行することに汲々《きゅうきゅう》としているかのようだ。トランプ大統領でさえも、壮大な嘘はつかない。現実的な対策を次々にツイートするだけである。

しかし、私たちの心の底には、ある種、危険な願望もひそんでいる。欺《だま》されるなら、いっそ大きな嘘に、というニヒルな願望である。深作さんの心に秘めた壮大な嘘とは、はたしてどんな嘘だったのだろうか。

深作欣二 茨城県生まれ。日本大学卒業後、東映に入社。一九六一年、「風来坊探偵・赤い谷の惨劇」で監督デビュー。七三年、「仁義なき戦い」を発表、八二年、つかこうへい原作・脚本の「蒲田行進曲」でキネマ旬報日本映画監督賞受賞。他「青春の門」「火宅の人」「バトル・ロワイアル」など。

わたしが撮ると、すべてが美しくなってしまう

リチャード・アヴェドン（写真家　一九二三年〜二〇〇四年）

ニューヨークでのインタヴュー

リチャード・アヴェドンはアメリカを代表する写真家の一人である。彼を神様のように尊敬している若いカメラマンも多い。

私はある年、雑誌の仕事で彼に会いにニューヨークへいった。インタヴューのかたわら、

一緒に夜の街を歩いたり、レストランにいったり、動物園にでかけたりもした。

アヴェドンは初対面のアジアの作家に、とてもフレンドリーに接してくれた。

一軒のレストランにはいったとき、彼はそこの女主人について、こんなことを言った。

「作家はイマジネーションで自分の世界をつくる。彼女は同じように、このレストランをつくったのです。これは、彼女の世界だ。ここへくれば、あなたは彼女と出会うこととなるのです」

そして、食事をしながら、こんなことも言った。

「わたしは旅行するとき、小さな空ビンを持っていくんです」

「なんのために?」

と、私がきくと、彼はテーブルのワインのビンを手にして、こう答えた。

「パリにいくと、パリの空気を入れてニューヨークに持って帰るんです」

「空気を?」

「そう、その街の空気をね。もうだいぶ集めましたよ。カイロの空気、ローマ、ベニス、東京もね」

大雪の日の思い出

翌日は雪が降った。ニューヨークでもめずらしい大雪だった。

その日は彼と二人で、動物園にいく予定だった。しかし、この雪ではどうだろうかと思っていたら彼がやってきた。

「さあ、これをはいて」

それは膝《ひざ》まであありそうなゴムの長靴だった。彼自身も厚手のコートに長靴といういでたちである。

「ベトナムへは?」

「いったよ」

「いい写真が撮《と》れましたか」

「ぼくはベトナムで撮った戦争の写真を一枚も公表しなかった」

「どうして?」

と、私がきくと、しばらく黙っていたが、やがて恥ずかしそうにこう言った。

「だって、どの写真も美しく撮れ過ぎていたから。わたしが撮ると、すべてが美しくなってしまう」

美しい戦争なんて、と、彼は独《ひと》り言のように言った。

「そこのところをもっと話してください」

と、私はかたことの英語で言った。残念なことに私は小学生程度の会話しかできなかったのだ。

それに対して、彼は黙って首を振っただけだった。アヴェドンが撮ると、すべてが映像的に美しい世界になってしまう。それは彼の不幸というべきかもしれない、と私は思った。ヴォーグの表紙を手がけたアヴェドンの不幸、という感想がふと心に浮んだ雪の日だった。

リチャード・アヴェドン　米国ニューヨーク市生まれ。コロンビア大学中退後、商船隊の写真班を経て高級女性衣料店の撮影部に所属。ファッション雑誌「ハーパーズ・バザー」のアートディレクターに認められ、一九四四年、同誌デビュー。「ヴォーグ」「ライフ」でも活躍。写真の可能性を芸術の域にまで高めた。

優秀な人ばかりで作りあげた
仕事は、百点はとれても
百二十点はとれない

石岡《いしおか》瑛子《えいこ》（デザイナー　一九三八年～二〇一二年）

世界的なデザイナー石岡瑛子さん

石岡瑛子は日本人デザイナーとして初めてグラミー賞を受賞した。

それだけではない。アカデミー賞、カンヌ国際映画祭賞、その他さまざまな賞を受け、二〇〇八年の北京オリンピックでは、開会式の衣装デザインを担当した。文字どおり世界のグラフィック・デザイナー、アートディレクターの第一人者である。

石岡瑛子とは、昔、ずいぶんいろんな仕事をした。雑誌のグラビアの構成や本の装幀《そうてい》、あげくのはては私の書いた芝居の舞台美術までやってもらっている。

お互いにまだ若い頃で、周囲から余り尊重されていなかったこともあって、さまざまな苦労をしたことを懐《なつか》しく思いだす。

ある新劇の上演のときなど、広告の世界からはいってきたデザイナーということで、劇団の人も、美術のスタッフも、ほとんど相手にしてくれなかったらしい。

「五木さん、聞いてよ。初日の幕が開く前夜に、わたしが雑巾《ぞうきん》もって舞台を拭いているのに、だれ一人手伝ってくれなかったのよ。あの時は泣きながら雑巾がけしたんだから」

あの気の強い石岡女史が涙を流すというのは、よくよくのことがあってのことだろう。

いまから四、五十年も前の話で、まだコピーライターとか、イラストレーターとか、アートディレクターなどという洒落《しゃれ》た言葉すら無かった時代の話だ。

芸大出身の石岡さんだが、資生堂やパルコの広告などで一世を風靡《ふうび》したことが、かえって偏見をもたれたのかもしれない。

彼女は陰で「ガミちゃん」と呼ばれていた。仕事に関してはおそろしく厳しくて、容赦《ようしゃ》なくスタッフに直言するところからつけられた仇名《あだな》だろう。

そんな彼女が、アメリカに渡って大活躍したのは、むこうの仕事のやり方が肌に合っていたのかもしれない。

「わたしのような小娘がスタジオにはいっていくと、全員が息をつめてわたしの表情を注視するの。芸歴何十年という俳優さんも、大ベテランの監督も、ことセットの美術に関しては百二十パーセントわたしの意見を尊重してくれる。そういうのを本当のプロの仕事というんでしょうね。残念ながら日本ではありえない世界だわ」

異質なものが混ざっていたほうが、思いがけない飛躍がある

そんな完全主義者の彼女が、大きなプロジェクトに際して自分のスタッフを選ぶオーディションをする。そのときの彼女のポリシーがいっぷう変っていた。

十人のスタッフを選ぶとき、もっとも優秀なメンバーの中に一人か二人、どういうことのない平凡な人物を加える。ときには変人と思われる人物を選んだりもする。

「優秀な人ばかりで作りあげた仕事は、百点はとれても百二十点はとれない。均質な才能を

組み合わせて創りだす仕事には限界があるような気がする。ちょっと異質なものが混ざっていたほうが、思いがけない飛躍があるんじゃないのかな。だからわたしは、大きなプロジェクトのスタッフには、何人かちょっと変った人を加えることにしてるんだ」

たぶん彼女は、体験から創造の秘密を体得していたのだろう。どんな仕事にもある混乱《カオス》が必要なのだ。整然と企画され、整然と実現された結果には意外性がない。

本当にすぐれた才能を、なぜか大事に育てない奇妙な風土が、私たちの国にはある。彼女自身がこの国では異質な存在だったのかもしれない。

石岡瑛子　東京都生まれ。東京藝術大学美術学部図案計画科卒業後、資生堂宣伝部に入社。一九七〇年に石岡瑛子デザイン室として独立。八〇年代から米国に拠点を移し、国際的なアートディレクターとして活躍。八七年ジャケットデザインでグラミー賞受賞。九三年、アカデミー賞衣装デザイン賞受賞。

この人、君のお古じゃないんだろうね

城山《しろやま》三郎《さぶろう》（作家　一九二七年〜二〇〇七年）

城山さんの奥さんの死に際して

城山さんとは、私が仕事場にしているホテルでよく会った。奥さんと二人で、そのホテルの地下のＰＩＳＡ《ピサ》というアーケードで買物をなさることが多かったのだ。

「この人、わたしが選んだシャツが派手すぎると言って、なかなか着てくれないんですよ」

と、城山夫人は笑いながら言う。

「ぼくはもっと目立たないシャツが好きなんだ」

お二人は親しい友人のように振舞っていて、それがとても好感がもてた。城山さんは、なんだかんだと文句を言いながらも、結局、奥さんに頼り切っているように見えた。

官僚や政治家の世界を小説に書いたり、財界人と対談をしたりする城山三郎という作家は、一見、保守的な存在に見えたが、政府が強権的な法律を作ったりすると真正面から反対する硬骨《こうこつ》の人でもあった。

奥さんが亡くなられたあと、城山さんはひどく意気阻喪《そそう》した感じだった。一人でホテルのショップによった帰り、私を呼びだして城山さんは奥さんの葬儀のことなどを淡々《たんたん》と話してくれた。

「お坊さんの派遣を頼んだんだけど、これが実にちゃんとしたお坊さんで、お布施《ふせ》の領収書まできちんとくれたんだよ」

などと、淋《さび》しそうな笑顔で話していた横顔を思い出す。

渡辺淳一さんが持ちこんだお見合い話

そんな城山さんの憔悴《しょうすい》ぶりを気づかって、あるとき渡辺淳一さんがお見合いの話を持ちこんだらしい。

本気か冗談かはしらないが、

「城山さん、再婚なさる気はありませんか」

と言うと、城山さんは首をかしげて、

「ぼくみたいな年寄りに来てくれる相手なんかいないだろう」

と苦笑して手を振った。

「いや、大丈夫です。じつは写真をお持ちしたんですが、ご覧になりますか」

「いや、いや、そんな」

などとはにかむ城山さんに、渡辺さんは懐《ふところ》から一枚の写真をとりだして手渡した。

「どうです、なかなか美人でしょう?　この人ならきっとＯＫしますよ。とにかくご覧になってください」

尻ごみする城山さんに、無理やりに一枚の写真を押しつける。城山さんは恐る恐るその写真を眺めて、

「ほう、これはなかなかの――」

「美人でしょう。ちょっと年を食ってはいますけど、かえって城山さんにはお似合いの女性だと思いますがね」

「ふーむ」

まじまじとその写真を眺めていた城山さんが、ふと顔をあげて、渡辺さんに言った言葉が冒頭に掲げたせりふである。真剣な表情で城山さんは言ったそうだ。

「君、この人、君のお古じゃないんだろうね」

これは渡辺さん自身から聞いた話だから、本当だろう。いまもご両人のことを懐《なつか》しく思いだす。

城山三郎　愛知県生まれ。一橋大学卒。一九五九年『総会屋錦城』で直木賞を受賞。代表作に『落日燃ゆ』『男子の本懐』『官僚たちの夏』など。

人生、思い通りにはいかないものです

芦田伸介《あしだしんすけ》（俳優　一九一七年〜一九九九年）

芝居のセリフのように呟いた言葉

芦田さんは名優である。舞台から出て、さまざまなメディアで活躍してもタレントという感じはしなかった。いつ会っても、この人は俳優だなあ、と納得させる雰囲気をもっていた。

私は自分の書いた小説の主人公として、芦田さんほどしっくりくるキャラクターはいなかったように思う。

〈艶歌《えんか》の竜〉と呼ばれたレコード・ディレクター、高円寺竜三は、芦田さんあっての主人公である。芦田さん自身も、どこかで〈艶歌の竜〉を意識するところがあったのだろう。服の尻ポケットに競馬新聞をさりげなく突っこんで、麻雀《マージャン》の場に現れたりしたものだ。

芦田さんは戦時中、旧満州にいた。敗戦後もすぐに引揚げることなく、演劇活動を続けたというから凄い。根っからの役者なのである。

〈艶歌〉シリーズでは、北国の小さなスナックのママを八千草薫《やちぐさかおる》さんが演じた。芦田・八千草のコンビは、人生の哀歓《あいかん》を演じて、なんともいえずいい味をだしていた。

作家仲間の麻雀の席では、みんなに「アッちゃん」と呼ばれて、有名作家相手に一歩も引かぬ対戦ぶりだった。

ある晩、芦田さんが大敗して、卓をはずれ、隣りの部屋で競馬新聞を顔にかぶせてうたた寝をしていた。私がその部屋にはいってきたことを察して、突然、むっくりとおきあがり、苦笑しながら芝居のセリフのように呟《つぶや》いた言葉が、「人生、思い通りにはいかないものです」だった。

その言い方が、あまりに真に迫っていたので、私もとっさに応じることができなかった。

麻雀や競馬のことだけでなく、彼の生活や仕事の面でも、たぶんさまざまな問題を抱えていたのではあるまいか。

根っからの役者人生

一度、芦田さんと同じ車に同乗して夜中に都内を走っていたことがある。深夜だったので高速道路の入口で数人の警官が酒気おび検問をやっていた。

芦田さんの顔を見たとたんに、検問の警官が直立して敬礼し、

「あ、ご苦労さまです！」

と、言った。テレビドラマ「七人の刑事」での役が大きな話題だった頃のことである。

そのとき芦田さんは軽く手をあげて、

「ご苦労さん」

と、ごく自然な口調で応じ、車はそのまま発進した。

若い警官はたぶん「七人の刑事」の熱心なファンだったにちがいない。ドラマと現実がごっちゃになって、思わず敬礼してしまったのだろう。

それにしても、悠揚迫らぬ自然な感じで、「ご苦労」と片手をあげた芦田さんは、部長刑事そのものの雰囲気だった。

「役者だねえ」

と、私が言うと、芦田さんは、「夢をこわしちゃいかんじゃないの」と照れくさそうに笑った。いい俳優さんだった。

芦田伸介　島根県生まれ。東京外国語学校マレー語学科中退。満州引き揚げ後の一九四九年、劇団民藝に入団。五〇年代後半には日活で活躍。六〇年代のドラマ「七人の刑事」「氷点」で幅広い世代から支持を得た。七〇年に劇団民藝を退団。九七年、日本新劇俳優協会副会長に就任。

鏡花賞ほしいから選考委員やめようかな

瀬《せ》戸《と》内《うち》寂《じゃく》聴《ちょう》（作家、僧侶　一九二二年～二〇二一年）

瀬戸内さんとの不思議なご縁

最初に知り合ったときは、寂聴師ではなく、瀬戸内晴美さんだった。雑誌の対談でご一緒したのである。

じつはそれ以前から瀬戸内さんとは、不思議なご縁があったのだ。

それは私が東京の仕事を整理して、金沢へ引っ越した頃のことである。マスコミのあわただしい生活から身を引いたものの、いくばくかの収入がなければ暮していけない。そこでＮＨＫの番組の構成を手伝ったり、頼まれれば歌の歌詞を書いたりして稼いでいたのだ。

そんな仕事の一つに、雑文書きというのがあった。いろんな雑誌の埋め草記事を引き受けて、文章を書く。いまでいうならフリーのライターといったところだろう。

そんな仕事のなかに「みわく」という雑誌への執筆があった。「みわく」というのは、美容雑誌の一種である。美容の業界のニュースや、美容師試験をめざす男女への情報誌という感じのマイナーな雑誌だった。

私はその雑誌に、「おしゃれのパンセ」というキザなタイトルのエッセイを連載していたのだ。美容業界の雑誌にもかかわらず、スペイン内戦の話やら、なにやら青臭い文章を書いていた。編集者がよくのせてくれたものだと今でも不思議に思っている。

その「みわく」という業界誌に、少女小説めいたロマンチックな物語を書いていた女性の作家がいた。

文芸とは全《まった》く関係のない雑誌である。たぶん私と同じように生活を支えるために連載しているのだろう、と勝手に想像していた。心の内で、どこか戦友めいた感情を抱いていたように思う。

その書き手の名前が、瀬戸内晴美さんだった。

文芸の世界では大先輩だが、なんとなく同期の桜めいた親近感をおぼえていたのはそのためだった。

文学を全身で愛した人

やがて私も直木賞をもらって、一応プロの物書きとしてデビューしたあと、瀬戸内さんと対談の依頼がきた。私は喜んでその場に出たのだが、仕事の対談が終ったあとも、話がつきずに、銀座の東急ホテルのカフェで自前のおしゃべりを続けることになった。

「わたしね、いま沢田研二の追いかけやってるの」

と、そのとき彼女が目をキラキラさせて言っていたことを思いだす。もう五十年以上も昔の話である。

そんな瀬戸内さんに泉鏡花《いずみきょうか》文学賞の選考委員を依頼したのは、かつて同じ業界誌に文章を書いていた戦友意識からだった。瀬戸内さんは、その仕事を快く引受けてくれて、十五年にわたって泉鏡花文学賞を支えてくれたのだ。

ある年、私に瀬戸内さんは突然、真顔でこんなことを言った。

「五木さん、選考委員は鏡花賞はもらえないの？」

それは駄目です、と私は即座に答えた。すると、瀬戸内さんがつぶやいたのが、冒頭にかかげた言葉である。その時の思いつめたような表情を、いまもくり返し思い出す。

文学というものを全身で愛していた人だった。合掌。

瀬戸内寂聴　徳島県生まれ。東京女子大学卒。一九七三年、平泉中尊寺で得度。法名寂聴（旧名晴美）。著書に『比叡』『かの子撩乱』『美は乱調にあり』『青鞜』『源氏物語』『秘花』『爛』『わかれ』『いのち』など。二〇〇一年より『瀬戸内寂聴全集』第一期（全二十巻）、二二年、同全集第二期（全五巻）刊行。

その土地に根ざしたものより、移植されて育った植物のほうが強い

林《はやし》 達夫《たつお》（思想家、評論家　一八九六年〜一九八四年）

碩学・林達夫さんとの思い出

戦前から戦後にかけての代表的な知識人といえば、私はまず林達夫さんを挙げる。昭和初期から敗戦まで雑誌「思想」の編集にあたり、自由主義の立場から独自の時代批判を続けてきた林さんは、戦後『世界大百科事典』を完成させた碩学《せきがく》である。

古今東西にわたる知識の持主でありながら、実におおらかな思想家だった。私のような文壇のアウトサイダーにも、まったくフランクに接してくださったことを懐《なつか》しく思い出す。

青年期に『反語的精神』や『共産主義的人間』などの著作に触れた若者たちは、幸運であったと言うべきだろう。スターリン批判のはじまるはるか以前から、林さんは鋭い批判の視線をソ連幻想に向けていたのだ。

哲学者、久野収《くのおさむ》さんとのご縁で林さんと私的なおつき合いが始まったのは、一九六〇年代の終り頃のことだったろうか。

深夜の出版社の人気《ひとけ》のない編集室で、私はしばしば林さんと贅沢《ぜいたく》なお喋《しゃべ》りの時間を持った。

「最近の人は、挿し絵のはいった小説は通俗的で、文字だけの作品は文学的だと思っているが、とんでもないことだよ。ほら、こんなに世界の古典には挿し絵入りの名作があるんだからね」

と、何冊もの本を開いて見せてくれながら、林さんは自由なお喋りを続けるのだった。

デラシネが文化を創る

そんな会話のなかで林さんが言われたのが、ここに掲げた言葉である。

「人は、その土地に根ざしたもののほうが強いと思っているが、そうではない。移植されて育った植物のほうが強い場合が多いんだ。人間もそうだね。ロシアの国民詩人の第一人者プーシキンの曾祖父のルーツはエチオピアだ。英文学のコンラッドはポーランドからきた。デラシネ（故郷から離れた人）が文化を創るんだよ」

のちに林さんの『歴史の暮方』（中公文庫）の解説を書かせていただいたことは、私にとって今も忘れえぬ貴重な思い出の一つである。

そんな林さんだが、ときどき笑いながらいろんな失敗談を披露してくださることがあった。

夫人と共にイタリアに旅行されたとき、泊ったホテルの部屋の室内燈の電球が切れていて点《つ》かなかった。

「あなたイタリア語は自由自在に使えるとかおっしゃってたでしょう。フロントに頼んで電球をもってきてもらってちょうだい」

と、夫人が林さんをせっつく。イタリアのルネッサンス期の文献などなんの苦もなく読みくだせる林先生だが、その時はすこぶる困惑した。スタンドの電球が切れている、ということをどう言えばいいのか見当がつかなかったらしい。

「あのときは、あなたの学問も大した役には立たなかったわね」

と、夫人に後々までからかわれたものだという。

そんな林さんのことを最近しきりに懐しく思い出すのは、私が歳をとったせいだろうか。

林　達夫　東京都生まれ。京都帝国大学哲学科（選科）卒。平凡社『世界大百科事典』編集長、明治大学文学部教授を務めた。代表作に『思想の運命』『反語的精神』『歴史の暮方』など。反戦と自由主義の立場を貫き、『共産主義的人間』ではスターリニズムを批判、先駆的洞察が注目された。

やっぱり体温が伝わってくるって、いいね

大原《おおはら》麗子《れいこ》（俳優　一九四六年〜二〇〇九年）

不思議な存在感のひと

大原麗子は本当にいい女優さんだった。演技がうまいとか、ルックスが魅力的だとかいうことではない。小柄で声も低くて、決して華やかではない。

しかし、それでいて不思議な存在感を漂《ただよ》わせている女性だった。

私が新人作家だった頃、ある雑誌で彼女との対談の企画があった。少し早目に会場の店にいって待っていたが、一向に本人があらわれない。

こちらも生意気ざかりの頃だったから腹を立てて、帰ろうとしたところへ彼女はやってきた。時計を見ると、三十分ちかくおくれている。

当然恐縮して謝るかと思ったが、一向にその気配がない。私の顔を見て、いきなり言った言葉が「やっぱり体温が伝わってくるって、いいね」だった。

なんだそれは、と坐《すわ》り直して話をきいてみると、どうやら新宿で唐十郎《からじゅうろう》の芝居を見てきたところだったらしい。

「もう超満員で坐るところがないの。仕方がないから若い大学生の膝《ひざ》の上に乗っかって観たの。お尻の下からじわっと体温が伝わってきて興奮しちゃった。やっぱり体温が伝わってくるのって、いいね」

まだアルコールもはいっていないのに酔った目がうるんでいた。コロナの時代に、ソーシャルディスタンスが強調され過ぎると、ふとその言葉を思い出す。

熱い時代とコロナの時代

それは熱い時代だった。人びとは見知らぬ相手と腕を組み、デモに行き、シュプレヒコールを繰り返した。

三密を避けよ、とやたら対人距離をとることが叫ばれる今とちがって、人々は接触し、肉体をぶっつけ合い、口から泡をとばして議論しあう。若い仲間同志が殴りあい、批判しあう。人々は密集し、密着し、密接に行動した。映画館では学生たちがやくざ映画に弥次《やじ》をとばし、「異議なし！」と拍手をした。

舞台から降りて観客と議論する俳優がいた。観客参加の演劇が流行した。

「書を捨てよ、町へ出よ！」

というのが時代の合言葉だった。不要不急の人々が深夜の町を彷徨《ほうこう》した。

そんな時代に女優として生きることは、職業として演技するだけでは十分ではない。生活そのものがスクリーンだったのである。

大原麗子は、そんな時代に生きた女優だったのだ。

その後、何年かして再び会ったときには、彼女の精神がややバランスを失しているような気がした。この人は死ぬとき、きっと独《ひと》りで死ぬのではないか、とふと思った。

彼女はいつも人肌の温かさを求めていた女性だったような気がする。

いま私たちは距離をおいて人と接することを強制される時代に生きている。体温を感じる人間関係など誰も求めてはいない。そんな時代に、大原麗子の言葉が懐《なつか》しく思い出されるのはなぜだろう。

大原麗子　東京都生まれ。一九六四年、ドラマ「幸福試験」でデビュー、翌年東映入社。「夜の青春」シリーズ、「網走番外地」シリーズなどで人気を博す。鼻にかかった声で話す和服美人のイメージでウイスキーのＣＭでも話題に。八九年、大河ドラマ「春日局」で主演を務めた。

仏教は因果を説く宗教ではない

立《たて》松《まつ》和《わ》平《へい》（作家　一九四七年〜二〇一〇年）

文壇の若き旗手・立松和平さん

故・立松和平さんとは、長いおつきあいだった。

はじめて会ったのは、彼が早稲田の学生だった頃である。

先輩作家の有馬頼義《よりちか》さんのところに、若い新人作家たちがなんとなく集った。のちに「石の会」と誰かが名づけたそうだが、くわしいいきさつは知らない。

そこにはジャンルをこえて、いろんな作家が集っていた。若い頃の色川武大《いろかわたけひろ》（阿佐田哲也）さんもいたし、後藤明生《めいせい》さんもいた。高井有一、三浦哲郎《てつお》さんなど、すでに作家としてスタートしていた人たちもいた。

そんななかで、ひときわ若い立松さんは皆に「ワッペイちゃん」と呼ばれていた。当時、彼は早稲田文学という雑誌の編集を手伝っていたらしい。

その後、しばらく会わなかったが、『遠雷《えんらい》』という作品で野間文芸新人賞を受け、文壇の若き旗手として活躍するようになる。

その後も立松さんとの細く長いつきあいは続いた。一緒に講演旅行にも行ったし、対談なども何度もした。私は知らなかったが、彼は俳句の会などにも参加していたらしい。

二〇〇四年の春にその会で立松さんが披露したという句を、目にして何か奇妙な胸騒ぎをおぼえたことがある。

〈命あり　今年の桜　身に染《し》みて〉

という句だった。後で聞いて知ったのだが、立松さんはその句会の直前に心臓の手術をして、九死に一生を得て退院したばかりだったのだそうだ。

正しい因果の思想

その頃、立松さんは長い年月をかけて『道元禅師』という大作と取り組んでいたらしい。行動的な作家のイメージがつよかった立松さんだが、各地の寺を歩き、修行に参加して仏教への研鑽《けんさん》を続けていたのである。

立松さんは言っていた。仏教は因果を説く宗教ではない。明日は良くなる、と信じて今日を生きる道だ、と。

「良き者は逝《ゆ》く」という言葉を立松さんの事を考えると思い出す。

因果というのは、仏教の根本原理である。宿業《しゅくごう》という言葉や、因縁という考え方もある。しかし、かつてそのような発想は現実を肯定し運命を諦《あきら》める思想とつながっていた。いまあなたが辛《つら》い立場におかれているのは、前世の因縁である、などと説かれていたのだ。

しかし、それなら今日の行動や生き方は、明日を変える。諦めるのではなく、より良い明日のために今日を精一杯生きよう、というのが正しい因果の思想ではあるまいか。

道元も親鸞《しんらん》も仏教者である。私と立松さんは宗門の外にいる人間だが、いつのまにやら仏教の思想に自然に心ひかれるようになっていた。

かつて立松和平、寺山修司、そして私の三人が方言作家トリオと称されたこともあったのだが、いまは私ひとりが孤塁《こるい》を守っている。

因果とは人をしばる法則ではない。人生を変える思想である。そのことを立松さんは教えてくれたのだ。

立松和平 栃木県生まれ。早稲田大学政治経済学部卒。在学中に「自転車」で早稲田文学新人賞。一九八〇年、「遠雷」で野間文芸新人賞、九三年、『卵洗い』で坪田譲治文学賞、九七年、『毒——風聞・田中正造』で毎日出版文化賞。『道元禅師』で二〇〇七年、泉鏡花文学賞、〇八年、親鸞賞を受賞。

男なら必ず振り向かなきゃ駄目だ

加藤唐九郎《かとうとうくろう》（陶芸家、陶磁研究者　一八九七年～一九八五年）

異色の陶芸家・加藤唐九郎さん

加藤唐九郎さんは、異色の陶芸家だった。中世から桃山時代にかけての陶芸の研究・再現に情熱を注ぎ、自由で広い作風で知られたアーチストである。

その天衣無縫《てんいむほう》なキャラクターから、スキャンダラスな事件に巻きこまれもしたが、現代の芸術家としては独特の存在感を示した人物と言っていい。

なぜか唐九郎さんは私のことを気に入ってくれたらしく、自分で飼っていた犬に「イツキ」という名前をつけたこともあったそうだ。

「おい、こら、イツキ。何をしてる」

などと声をかけては溜飲《りゅういん》をさげていたりしたらしい。

生前、何度かその仕事場をたずねたことがある。あるとき、唐九郎さんは、プレイボーイの文字の入ったTシャツを着てあらわれた。そのときもお互いに言いたい放題の悪口のキャッチボールに終始したのだが、突然、彼は鉾先《ほこさき》を転じて、こう問いかけてきた。

「イツキくん、きみは綺麗な女の人と道ですれちがったらどうする?」

「それは、その時の状況によります。加藤さんならどうします?」

「きみの話をしてるんだ。ちゃんと振り返るかね」

「綺麗な人といっても、好みもありますから」

「好みを云々《うんぬん》してるようじゃ芸術家じゃない。男なら必ず振り向かなきゃ駄目だ」

「そうですか」

「振り返るだけじゃ駄目。後をついていくくらいでなきゃ」

「加藤さんならどうします」

「これだ、このシャツに書いてあるだろ。ぼくは振り返るだけじゃなくて、必ずついていくようにしている」

こういうところが、伝統芸術の世界で顰蹙《ひんしゅく》を買ったりする理由の一つだろう。なんとなくピカソと相通じる雰囲気のある表現者だった。

その時代の芸術家

加藤さんは、そんなトリックスターめいた一面を誇示する一方で、じつに科学的、論理的な才能の持主だった。理想的な土を探して全国各地をたずね歩いた話など、何度きいても面白かった。

あるとき、飛行機に乗って下界を見ていたら、なんとも魅力的な土の一部が山崩れで露出している場所があった。

加藤さんはその搭乗機を降りると、まっすぐにその地点へ直行したという。予想どおり、その土は長年探し求めていた土に近いものだったのだそうだ。

そういう話をする時の加藤さんは、青年のような若々しさにあふれていた。プレイボーイのTシャツがとてもよく似合う人だった。

最近、こういった型破りの芸術家が少《すく》なくなってきたようで、ちょっと淋《さび》しい気もする。AIの時代になってくると、土の分析などもすべてコンピュータの仕事になってくるのだろう。令和の時代は、はたしてどんな芸術家を生むのだろうか。

加藤唐九郎　愛知県生まれ。作陶の傍ら、瀬戸古窯の発掘調査及び古陶磁の再現にも尽力した。一九六〇年、重要文化財の古瀬戸が自らの作であると表明した「永仁の壺事件」で批判を受けすべての公職を辞任、のち作陶のみに専念する。建築と陶芸の融合を目指した「陶壁」でも知られる。

絵は結局、相手が描くんだよ

和田《わだ》 誠《まこと》（イラストレーター　一九三六年〜二〇一九年）

イラストレーションの世界を確立した大家

和田誠さんのことを、私たちは仲間うちで「マコちゃん」と呼んでいた。

和田さんは言うまでもなく我が国のイラストレーター界の巨人である。

私が若い頃、ジャーナリズムの世界には、イラストレーションなどという言葉はなかった。

挿し絵の世界の大家は別として、編集部では誌面にいろどりをそえるイラストの描き手のことを〈カット屋さん〉などと呼んでいたのだ。

当時はイラストなどという洒落《しゃれ》た表現はなく、誌面を彩《いろど》る絵のことを、なんでもひとくくりにして「カット」と呼んでいたのである。

デザインも含めて、イラストレーションという世界を確立したのは、ひとえに和田誠さんの存在が大きい。

ユニークなリトルマガジンだった「話の特集」は、編集が矢崎泰久、デザインが和田誠という希有《けう》な雑誌だった。

のちに週刊文春の表紙を描いて洛陽《らくよう》の紙価を高からしめた和田さんの出発点は、「話の特集」での仕事だったのではあるまいか。

和田さんは多くの似顔絵を描いた。一方に山藤章二さんがいて、もう一方に和田さんがいた。そういう時代だった。

似顔絵は、時代のリーダーたちに対する民衆の批評である。よく似顔絵の鉄則として「八分の愛情と二分の毒」などという説もあるが、和田誠さんの絵にはそういう原則は通用しない。見る人によって共感と批判が変化するのだ。描き手は絵の背後に無言で控えている。

判断は見る人にまかせるという姿勢だろう。

見方によっては、突き離したところのある怖い絵だった。

和田さんに描いてもらった似顔絵

いまでは著名なイラストレーターが、新人の頃、原宿の「話の特集」の編集室に和田さんを訪れたことがあった。

おそるおそる対面して坐《すわ》ると、

「見せてごらん」

と言われた。持参した絵を差出すと、一枚ずつ手にとって眺めて、

「駄目だね」

と、言うなり机の横のクズかごに放りこんだという。たぶん誇張されたゴシップだろうが、気さくな和田さんには、そんな感じの厳しい一面があったこともたしかだろう。

私も一度、和田さんに似顔絵を描いてもらったことがある。

無人島の椰子《やし》の樹の下で、パンツ一丁になって、とほうに暮れているような絵だった。

淡々《たんたん》とした筆致のなかに、当時の私の孤独感が見事に写されているような気がした。

私がそのことを言うと、和田さんはうなずいて、ぽつんとこう言った。

「絵は結局、相手が描くんだよ」

風景を描くときは、風景の声に耳を傾ける。人物を描くときは、その人の無言の言葉を表現する。そういうことだろうか。

「無私ということだね」

と、私が言うと、「そんなおおげさなもんじゃないけど」と和田さんは笑った。

和田　誠　大阪府生まれ。多摩美術大学卒。雑誌「週刊文春」の表紙絵や、タバコ「ハイライト」のパッケージデザインなどで知られるが、創作活動はイラストレーションやポスターなどのデザインに加え、アニメ、絵本、ショー演出、本の装幀、レコードジャケット、ロゴマーク、翻訳、作曲、映画監督など多岐にわたる。

ぼくは、普通の職業につきたかったな

阿佐田哲也《あさだてつや》（作家、雀士　一九二九年〜一九八九年）

阿佐田哲也さんとの北国ふたり旅

阿佐田哲也、というのは、作家、色川武大《いろかわたけひろ》さんの仮りの名である。『麻雀放浪記』などを愛読する若者たちにとっては、神様みたいな名前だろう。「朝だ、徹夜だ」という呟《つぶや》きをもじったペンネームである。

私が阿佐田哲也さんと最初に出会ったのは、一九六六年の春ごろだったと思う。こちらは新人賞をもらってデビューしたばかりの駆け出し作家だった。

阿佐田さんは都会っ子で、大衆芸能の生き辞引《じび》きみたいな物知りである。一方、私は引揚者で九州から上京した田舎者だ。どう考えても話が合うはずはないのだが、なぜか細く長いつきあいが続いた。

いつの頃だったかは正確に憶《おぼ》えていない。阿佐田さんと北海道へ一緒に行ったことがある。そのころ北海道に住んでいたムツゴロウさん、こと畑正憲《はたまさのり》さんのところを訪ねたのだ。なんのためかといえば、麻雀《マージャン》をするためである。

阿佐田さんは神様だから別格だが、畑さんもただ者ではない。動物王国の王様であると同時に、麻雀のホトケさんみたいな存在だった。

なにがどうしたのか忘れてしまったが、その畑正憲さんと麻雀をやるために、私は阿佐田さんと二人で、飛行機に乗ったのだ。

人並みに働くということ

飛行場から長い時間、車に乗った。北海道の広々とした原野が続く。ぼんやりとそれを眺めていた阿佐田さんが、何か独《ひと》り言のようにつぶやいた。

「え、なに？」

と、私がきくと、阿佐田さんは照れくさそうに、

「いや、なんでもない」

「なにか言ったでしょ」

「いや、いや、単なる独り言」

「ふーん」

しばらくして、阿佐田さんが言い訳めいた口調で言う。

「五木さんは、本当は何になりたかったの？」

「なにって、仕事とか、職業のこと？」

「うん」

「僕は体力もないし、大学も卒業していないし、やっぱり字を書いて暮していくしかなかったんだと思う」

「ふーん」

しばらく黙っていた阿佐田さんが、ぽつんと言った。

「ぼくは、単純に普通の職業につきたかったな」

「普通って？　たとえば？」

「ほら、郵便を配達するとか、鉄道線路の保線をする人とか。その仕事が端的に人の役に立つような仕事。そういうはっきりした職業につきたかったんだけど」

「郵便だって鉄道だって、はいってみれば組合とかなんとか面倒なことがあるんじゃないの」

「そうか。そうだね。人並みに働くというのも、大変なんだよなあ」

そのときの阿佐田さんの横顔を、いまもしばしば思い出すことがある。

阿佐田哲也　東京都生まれ。他の筆名に本名の色川武大。戦後、放浪と無頼、映画と演劇の日々を送る。雀聖と呼ばれ、昭和の麻雀ブームを牽引した。一九六一年、「黒い布」で中央公論新人賞を受賞。阿佐田哲也名義では『麻雀放浪記』など多くの麻雀小説を手掛ける。代表作に『怪しい来客簿』『離婚』『狂人日記』など。

麻雀はプロだが、歌は素人だからなあ

小島《こじま》武夫《たけお》（プロ雀士　一九三六年～二〇一八年）

〝麻雀の名人〟が似合う人

雀聖《じゃんせい》といえば故・阿佐田哲也さんだが、名人といえば故・小島武夫さんだろう。プロ雀士のなかで名人と呼ばれる人は何人もいるが、名人という名が似合う人は小島さんしかいなかったような気がする。

大袈裟《おおげさ》にいえば、〈小島武夫の前に小島なく、小島武夫の後に小島なし〉といった感じの名人だった。

それはなぜか。ほかの名人とはちがって、麻雀《マージャン》名人にはどこか妖《あや》しげな空気が身辺に漂《ただよ》っていなければならない。

〈麻雀に王道なし〉などといえば叱られそうだが、麻雀はどこかに外道《げどう》の気配があってこその遊びなのだ。囲碁や将棋とはそこがちがう。

たとえ名人戦であろうとも、正座して対戦する世界ではない。くわえ煙草で打つもよし、鼻唄も、貧乏ゆすりも咎《とが》められる世界ではないのである。

小島さんには、そういう自由さがあった。

彼がレコード会社から歌手としてデビューすると聞いたとき、思わず苦笑した。いかにも小島さんらしいな、と感じたからだ。

ご本人に頼まれて歌詞を書いたが、もちろんヒットはしなかった。

「おれはしみじみ馬鹿だった」

というのがその歌のタイトルである。

発表会のあと、小島さんが、しみじみと「麻雀はプロだが、歌は素人だからなあ」と、天をあおいでつぶやいた言葉を、何かのおりにふと思いだすことがある。

プロとアマチュアのあいだにあるもの

プロと素人。

最近、なんとなくその境目が曖昧《あいまい》になってきたような気がするのは私だけだろうか。

アマチュアのトップゴルファーが大きなオープン競技で優勝したりすることも、めずらしくなくなってきた。政治のプロである人たちのなかにも、素人なみの失態をしでかす例も少《すくな》くない。

しかし、野坂昭如《あきゆき》の「黒の舟唄」ではないが、プロとアマチュアのあいだには「深くて暗い河《かわ》がある」のではないかと思う。

素人には素人の良さというものがある。プロにはプロの凄味《すごみ》というものがある。しかし、プロと称した瞬間から、人は深くて暗い河に漕《こ》ぎださなければならない。

その凄味は、汚れた水も清冽《せいれつ》な流れも、ともに合わせて泳ぎ切る覚悟から生まれてくるのではあるまいか。

あんなふざけたタイトルを私が渡した心境の背後には、そんな気持ちがあった。本当は「やめろよ、歌なんか」と言いたかったのだ。

ちなみにB面のタイトルは、「やせがまん」だった。

曲は両方とも「ドラえもん」のアニメ歌の作曲者菊池俊輔さん。

私も小島さんも、ともに九州、福岡の出身である。会えば気軽に九州弁のなまりで喋《しゃべ》り合う仲だった。

亡くなる前に会ったとき、「こんど娘たちも一緒に卓を囲みませんか」と言っていたのに、ついにその機会を逸したまま別れてしまったのは残念だ。

小島武夫　福岡県生まれ。中学卒業後、パン職人を経て雀荘にボーイとして勤務。のちに阿佐田哲也や古川凱章と出会い、「麻雀新撰組」を結成。タレントとしても活動し、「ミスター麻雀」として多くのファンに愛された。日本プロ麻雀連盟初代会長・最高顧問。

新しい割り箸を使って、そのまま捨ててしまうのは勿体ない

高田好胤《たかだこういん》（薬師寺管主　一九二四年〜一九九八年）

大和の地を歩き回った思い出

むかし『風の王国』という小説を書くために、奈良に通っていたことがあった。斑鳩《いかるが》の法隆寺のすぐそばの誓興寺《せいこうじ》という眞宗《しんしゅう》のお寺にお世話になって、大和の地を歩き回ったものである。

そのお寺は部屋の窓から中宮寺《ちゅうぐうじ》の屋根が見えるという希有《けう》のロケーションだった。法隆寺の境内《けいだい》を、自分の裏庭のように散歩したり、近所のいろんなお寺をたずねたりと、いま思えば人生の最良の時期を過ごした日々だったように思う。

奈良へは近鉄の電車で大和西大寺《やまとさいだいじ》まで行き、そこから車で斑鳩へむかう。途中で薬師寺の塔が見えると、なにか非日常の世界の扉をくぐるような気がしたものである。

法隆寺もそうだが、薬師寺も明治維新の激流のなかで、苦難の歴史をたどった時期がある。その薬師寺の復興に力をつくしたのが故・高田好胤師であることは周知の事実だ。薬師寺の写経は、すでに国民運動といっていい広がりを見せている。修学旅行で薬師寺を訪ね、講話を聞く若者たちも多かった。

そんな古寺復興のいしずえを築いたのが高田好胤師だった。マスコミへの露出をおそれず、明朗闊達《かったつ》なお人柄もあって多くのファンを引きつけた。「十牛図《じゅうぎゅうず》」の入鄽垂手《にってんすいしゅ》を地でいった名僧のお一人だったと思う。

小柄な身の大きな人格

その高田好胤師と、ご一緒に食事をする機会があったのは、ずいぶん昔のことだったような気がする。雑誌の対談の後だったかと考えてみたが、仕事ではなかったのではあるまいか。名の知れた料亭などではなく、ごく普通の食事の店で、四人も坐《すわ》れば手ぜまに感じられるような個室だった。

「やあ、お待たせしました」

と、定時に姿を見せた高田師は、いかにも身軽で、五月の風のような登場ぶりだった。

「はじめまして」

と、私が坐り直して挨拶しようとすると、

「いや、そのまま、そのままでどうぞ」

と、私を手で制して、

「東京はえらい混みようで、お待たせして済みません」

説法できたえた声が、朗々とひびく。最初からすっかり打ちとけた感じになって、話がはずんだ。

偉いお坊さんというのは、もっと深淵《しんえん》な感じで、禅問答のようなやりとりをなさるかと思っていたら、ぜんぜん自由な雰囲気である。

食事が運ばれると、どこからともなく自前の箸《はし》をとりだして笑顔でこう言われた。

「新しい割り箸を使って、そのまま捨ててしまうのは勿体《もったい》ない。そんな気がして持ち歩いておるんです。失礼して、これを使わさせていただきます」

なみの人が言うとキザになりかねないそんなセリフが、まったく気にならない自然な口調だった。小柄な身に大きな人格が宿っていることを感じさせせられた一夜だった。

高田好胤　大阪府生まれ。小学生のときに父を亡くし、薬師寺管主・橋本凝胤が引き取る。一九四六年、龍谷大学仏教学科卒。四九年、副住職。修学旅行の生徒への法話が人気を呼び、「青空法話」と呼ばれた。六七年、管主に就任。金堂の復興に取り組み、百万巻の写経勧進というユニークな方法で再建を果たした。

詩は読むものではありません。
歌うものです

ワルワーラ・ブブノヴァ（画家　一八八六年〜一九八三年）

面授の師・ブブノヴァ先生

ブブノヴァ先生は、私が大学生時代に教えを受けた面授《めんじゅ》の師のお一人である。

面授というのは、直接に向きあって肉声で教えを受けることを言う。書物や人を介してではなく、面と向かって指導されるのは得難い体験なのだ。

ブブノヴァ先生は、縁あってこの国で暮されたロシア人だった。私が授業を受けたときは、すでに高齢でいらして、いつも黒い服に身をつつみ、どこか尼僧《にそう》のような雰囲気を漂《ただよ》わせておられた。寡黙《かもく》で、冗談などは一切おっしゃらない。何か重いものに耐えているような気配があり、私たち学生は正直いってブブノヴァ先生を恐れていた。

ロシア詩の授業では、プーシキンにはじまって、レールモントフ、チュッチェフ、フェート、エセーニンその他、古典から近代までのさまざまな詩人の作品について教えを受けた。

ブブノヴァ先生の授業は、詩についての解釈や説明はほとんどなかった。

ひたすら原詩をロシア語で暗唱するのである。授業の当日までに憶《おぼ》えていない学生がいたりすると、無言でうつむいてため息をつかれる。そのため息が怖くて、私たちは必死でロシア語の詩を、意味もわからず暗記したものだった。

ロシア語の詩の朗読は、ただスラスラと暗唱するだけではない。ロシア語ではアクセントのことをウダレーニェという。強弱と同時に言葉に高低をつけ、素早く発音したり、重々しく引き延ばしたりする。メロディーこそついていないが、聞いていると歌をうたっているかのように音楽的だ。

「詩は読むものではありません。歌うものです」

と、ブブノヴァ先生は言う。活字を目で読むというのでは駄目。声にだして、感情をこめて朗唱するのだ、と。

旧ソ連での思い出

そういえば、国漢の教師だった私の父は、よく和歌の朗詠をしていた。明治天皇の和歌や、万葉集の歌を、節をつけて朗々と吟《ぎん》ずるのである。詩吟もよくうたっていた。父に強制されて、小学生の私もいろんな漢詩をうたわせられた記憶がある。乃木希典《まれすけ》や広瀬淡窓《たんそう》の詩などは、この年になってもふと口をついて出てくることがある。

私がはじめて旧ソ連を訪れたとき、入国の審査がひどく厳しくて時間がかかった。米ソの冷戦たけなわの頃だったから、その影響もあったのだろう。

私のパスポートには、職業を作詞家と書いてあった。「職業は何か」と管理官にきかれたので、わかりやすいように「ポエート（詩人）だ」と答えた。すると相手は疑わしそうに「本当かね？」と言う。そこで私は昔、ブブノヴァ先生に教わったレールモントフの詩の一節をロシア語で朗読してみせた。

管理官は、うなずくと挙手の敬礼のまねをして「パジャールィスタ（どうぞ）」と通してくれた。ブブノヴァ先生のおかげである。

ワルワーラ・ブブノヴァ　ロシア帝国サンクトペテルブルク生まれ。帝室美術アカデミー卒業後、モスクワの芸術文化研究所員などを務め、アヴァンギャルドの画家として知られる。一九二二年、来日。早稲田大学ロシア文学科や東京外国語学校露語部でロシア語講師を務めた。五八年、ソ連に帰国。

おれは徹底的に偽悪を演じるから、あんたは偽善に徹してくれ

野《の》坂《さか》昭《あき》如《ゆき》（作家　一九三〇年〜二〇一五年）

無頼漢だが義理堅い作家

人が世を去るのに、ちょうど程《ほど》のよい年齢というのは何歳ぐらいだろうか。

このところ友人、知己《ちき》の訃報を聞くことがやたらと多い。

かつて仕事で競い合った仲間も、同世代の書き手も、つぎつぎと去っていく。長生きして

うれしいというより、取り残された寂寥感《せきりょうかん》のほうが、はるかに大きい。

石原慎太郎さんが亡くなったときにも、なんともいえない感慨があった。親しい作家ではなかったが、昭和七年九月三十日という同年同日生まれの人だったからである。

野坂昭如さんの告別式では、私が弔辞《ちょうじ》を読んだ。

彼とは作風も生き方も、まったく対照的なように見られていた。八方破れの無頼漢《ぶらいかん》と、ちょっと気取ったエンターテインメント作家、といったイメージである。

しかし、野坂昭如という人は、どちらかといえば義理堅い古風な人物だったと思う。人前では「オイ、五木」などと先輩風を吹かせても、二人のときは必ず「五木さん」と呼ぶ。

一九七〇年代に一緒につくった対談集

一緒に宝塚の「ベルサイユのばら」を観にいったこともある。

『対論』という過激な対談集を二人で作ったことがある。二人でホテルの部屋にこもって、ゲラ直しをしながら、どうすれば面白い本にできるかをいろいろ議論したことも懐《なつか》しい思い出だ。

そのときに彼が言い張ったのが、ここにあげた言葉である。

「対談ってのは、お互いにほめ合ったり、そうです、そうですと相槌《あいづち》をうったりしてても面白くないんだ。この本では、おれは徹底的に偽悪を演じるから、あんたは偽善に徹して大いに喧嘩しようじゃないか。知的プロレスみたいな対談にしたいんだよね」

「それは面白いと思う。しかし、偽悪というのは楽だけど、偽善に徹するというのは大変だぜ」

「いいじゃないか。対談集なんてのは、よくって一万二千部も売れりゃ御《おん》の字らしいが、ここはひとつ大風呂敷をひろげて――」

その場であれこれ過激なことを書き加えて、一冊の本ができあがった。

『対談』とせずに、あえて『対論』としたのは私の提案である。

のちにＴＢＳで、故・筑紫《ちくし》哲也さんが、

「あのタイトル、使ってもいいですか」

と言ってきたこともあった。その筑紫さんも、いまはいない。

いずれにせよ、人の評価というものは、棺《ひつぎ》を蓋《おお》っても定まらぬものである。野坂さんは希《まれ》にみる律儀なところのある人だった。

青山斎場での告別式で「黒の舟唄」が流れていたのも、野坂さんの式らしくてとても良かったと思う。

あの席で弔いのバイオリンを弾いた佐藤陽子さんも、故人となった。

残された人間は、ただ記憶を噛みしめながら、再会の日を待つのみだ。

野坂昭如　神奈川県生まれ。早稲田大学中退後、様々な職を経て、コラムニストとして活躍。一九六三年、処女小説『エロ事師たち』で注目される。六七年「アメリカひじき」「火垂るの墓」を発表、翌年両作で直木賞受賞。著書に『同心円』『文壇』『骨餓身峠死人葛』『一九四五・夏・神戸』など。

原作をどう毀すか、ということ

浦《うら》山《やま》桐《きり》郎《お》（映画監督　一九三〇年〜一九八五年）

藤本真澄さんから紹介された映画監督

浦山監督にはさまざまな伝説があった。それだけに初めて会うときには、かなり緊張していた記憶がある。

なにしろ名作中の名作「キューポラのある街」の監督である。吉永小百合が全力で駆けるあのシーンに感動しなかった日本人はいなかっただろう。

『青春の門・筑豊篇《ちくほうへん》』を東宝で映像化したときのプロデューサーは藤本真澄《さねずみ》さんだった。数々の戦後の映画を手がけた大プロデューサーである。高校生のころ、藤本さんが製作した「青い山脈」など、数々の作品は、映画の青春でもあったと同時に、この国の青春でもあったと言っていい。

その藤本さんが私に、

「ちょっとクセのある監督ですが、才能は折り紙つきです。五木さんとは、いい論戦相手になるんじゃないのかな」

と、いたずらっぽく笑って言ったのだ。

当日、ホテルの喫茶店で待っていると、浦山さんは一人でやってきた。映画界の人だから、スタッフを引きつれてやってくるのでは、と思っていたので意外だった。

浦山さんは大きな風呂敷包みを抱えていた。

「いま、こんな本を読んでましてね。筑豊の歴史を勉強しているところです」

挨拶もそこそこに、浦山さんは風呂敷をひろげた。『日本資本主義発達史』とか、筑豊の労働運動史とか、いろんな本があった。

浦山監督と交わした握手

「あんまり勉強し過ぎないほうがいいんじゃないですか。余計なことだけど」と、私は言った。

「原作者の意向は尊重します」

浦山さんは肩をそびやかすようにして答えた。

「しかし、映画は小説じゃない」

「だったら、原作ものじゃなくてオリジナル作品を撮ればいいじゃないですか」

浦山さんはコップの水を一口飲んで、かすかに笑った。笑いながらも頰《ほお》がピクピク動いているような感じだった。

「映画の世界はね、あなたが考えているような楽な状況じゃないんだよ」

大島渚《なぎさ》、吉田喜重《よししげ》などの才能のある監督たちが、自分の映画を作ろうとどれほど苦労しているかを、私も知らないわけではなかった。

「映画監督にとっちゃ、原作ものをやるというのは覚悟がなくちゃできないんだ」

と、浦山さんは言った。

「覚悟、というのは?」

「原作をどう毀《こわ》すか、ということ」

私は無言で首をすくめた。原作を生かすのではなくて、毀すというような発言をする相手に、映画化をまかせていいものだろうか。

しかし、敵ながら天晴《あっぱ》れ、という気持ちがないでもなかった。さすが藤本さんが見込んだ監督だ、と感じるところがあったのだ。

「いいでしょう。おまかせします。存分に毀してください」

私がそう言うと、浦山さんは骨張った手を差しだして握手を求めてきた。

いい時代だったと思う。

浦山桐郎　兵庫県生まれ。一九五四年、日活に助監督として入社。今村昌平監督に師事。六二年、「キューポラのある街」で監督デビュー。代表作に「非行少女」「青春の門」「暗室」「夢千代日記」など。

どんなに立場のちがう人とでも、会って話をしなさい

池島《いけじま》信平《しんぺい》（編集者、文藝春秋社長　一九〇九年～一九七三年）

池島さんからの率直なアドバイス

菊池寛《かん》が文藝春秋の創立者なら、池島信平さんはさしずめ中興の祖といったところだろうか。

辣腕《らつわん》のジャーナリストであると同時に、多くの作家たちに敬愛された人物だった。

池島さんが亡くなられたとき、青山斎場での葬儀で私が弔辞《ちょうじ》を読むことになったのは、いったいどういう事情だったのだろう。

池島さんは一見、温厚で紳士なのだが、その批評眼はかなり辛辣《しんらつ》だった。

ある若い作家が芥川賞を受賞したとき、

「この新人のどこを評価されますか」

と、私がたずねたら、

「文章が短いところがいい」

と、即座に言われたことがあった。

池島さんは駆け出しの私に、いろんなアドバイスを率直にしてくれた。

「どんなに立場のちがう人とでも、会って話をしなさい。避けてはだめだ」

と、くり返し言われた。

あるとき、「きみに会わせたい人がいる」と、文春の近くの小料理屋につれていかれたことがあった。先にきて待っていたのは、私が写真でしか知らない痩身《そうしん》の紳士だった。

「田中清玄《せいげん》です」

と、挨拶されて、はじめてその人がレジェンドの国士であることに気づいて狼狽《ろうばい》した。私にとっては現代史を彩《いろど》る伝説中の人物としか考えていなかったからである。

「田中先生が、あなたにいろんな話をきいてほしいとおっしゃるんでね。作家として勉強になると思って席をもうけたんだよ」

と、池島さんは言った。

立場のちがう人を避けてはだめだ

それから数時間、田中氏は闊達《かったつ》な口調で自分がかかわった国際的な問題について私に話をきかせてくれた。まるで大学教授の話を聞いているような気がしたことを憶《おぼ》えている。

私は政治とか経済にはまったくうとい人間なので、小学生の頃に愛読した山中峯太郎《みねたろう》の小説を読んでいるような気分だった。インドネシアの石油をめぐっての裏事情など、はじめてきく話ばかりだったからである。

池島さんは、さしずめ司会者といった風情で、田中さんの話を補足したり、話題をリードしたりと、ジャーナリストらしい気遣いを示してくれた。

「田中氏と会って話をききたがっている有名な評論家や小説家は沢山いるんだけどね」

と、帰り道で池島さんは言った。

「ぼくは若い新人作家のほうが面白いと思ったんだ。同じ仲間とばかり話していると、世界がせまくなってしまうだろ」

それから数年後に、瀬島龍三氏と対談をしないか、という新聞社からの依頼があったとき、いったんは辞退しようかと考えたのだが、ふと池島さんの言葉が頭に浮かんだ。その年の正月企画だったが、やはり話をきいてよかったと思うところがあった。いまも何かあるたびにあの池島さんのアドバイスを思い出す。

池島信平　東京都生まれ。東京帝国大学文学部西洋史学科卒業後、文藝春秋社入社。一九四四年、「文藝春秋」編集長に就任するも、すぐ海軍に召集される。六六年、文藝春秋の社長に就任。六九年「諸君！」創刊。著書に『ジャーナリズムの窓から』『雑誌記者』『歴史好き』など。

母音を美しく発声するには、
口をあまり大きく
開けないことが大切なのに

桃《もも》山《やま》晴《はる》衣《え》（三味線シンガーソングライター　一九三九年～二〇〇八年）

日本人の歌い方を追求した音楽家・桃山晴衣さん

故・桃山晴衣さんは、日本人の歌と日本人の歌い方を生涯、追求したユニークな音楽家だった。

六歳より三味線に親しみ、人間国宝の四世宮薗千寿の唯一の内弟子となり、一九六〇年に桃山流を創立、家元としてさまざまな創造活動を行った。

なかでも日本の今様《いまよう》の世界を深く追求し、坂本龍一との共演LPをリリースしている。

彼女は小柄で、いつも明かるい人だった。彼女の動作を見て、私は鞠《まり》のように弾む人だといつも思ったものだ。

俳優や歌い手など、若い人たちの発声の指導をするとき、彼女はじつにユニークな教え方をした。

「あの人たちは、ふだんは腑抜《ふぬ》けのように頼りない喋《しゃべ》り方をするくせに、いざ練習となると、発声がひどいことになる。セリフや歌うときに口角と喉《のど》に得体の知れぬ力が入り、発声がムラだらけになる。西洋式の声の使い方を教えられているからでしょうね。演劇学校やレッスンで、やたら口角を変化させる訓練をうけているからです。母音を美しく発声するには、口をあまり大きく開けないことが大切なのに」

と、彼女は残念そうに言っていた。

微妙な舌使いで声帯をコントロールする

例えば泉鏡花《いずみきょうか》の作品の女主人公の、「ちょっとお聞かせ申しとうござんすけれど」などという昔の東京弁は、一息で美しく言ってのけなければならない。出だしの「ちょ」は声帯を半分ほど使って軽く、「っ」で息をつめ、「と」で息と声帯も同時に使うが、音が強くなりすぎぬよう舌先を制御して止め、間髪を入れずに「お」に入る。これは母音でしかも次の語の頭になる音なので、明確にするのには息を強め、声帯をコントロールすることが必要。「ちょっとお聞かせ申しとうござんすけれど」の傍点《ぼうてん》箇所は無声音、というか、声帯を使わないで発音する（中略）このひと下りをいうのにひと息を絶妙にあやつり、微妙な舌使いを駆使し、声帯をコントロール、これを同時に作動させることが必要、と桃山さんは書いている。

こんなことをはたして人ができるのだろうか、と首をかしげたくなるようなプロの技術だ。また東京弁だけでなく、昔の名古屋弁も、「行かして頂戴《ちょうだい》を遊ばせ」などという丁寧《ていねい》なひと言が、「ゆかしてちょうだゃあすばせ」とひと息でするっと発せられ、それは軽やかで流《りゅう》麗《れい》な音楽そのものだった、とも言っている。

私は北九州ふうの発声とイントネーションが今だに抜けない福岡人だが、日本語の美しい発声には、桃山さんが言うように、あまり口を大きく開けないほうがいいのではないかと、ひそかに思っていた。

ちなみに美空ひばりは、口を大きく開けないで歌う。そしてその日本語の歌詞は、ほかのどの歌手よりも美しく明瞭《めいりょう》だ。

桃山さんは中世の今様を現代によみがえらせようと努力していた。惜しい人を亡くしたと、しみじみ思う。

桃山晴衣　東京都生まれ。六歳で三味線を始め、一九六〇年には桃山流を創立。六三年、人間国宝の宮薗千寿に入門。平安時代の歌謡集『梁塵秘抄』を三味線の弾き語りで現代によみがえらせ、家元制に縛られた邦楽の世界で生きることを選ばず、三味線の吟遊詩人として話題を呼ぶ。著書に『恋ひ恋ひて・うた三絃』。

これだけ僕が推しても、駄目ですか

奥野健男《おくのたけお》（文芸評論家、化学技術者　一九二六年〜一九九七年）

五十年の歴史を刻んだ「泉鏡花文学賞」

金沢市で創設した「泉鏡花文学賞《いずみきょうかぶんがくしょう》」は、すでに五十年を超えている。

私は当初、金沢に住んでいたこともあり、その第一回から現在まで選考委員をつとめさせてもらっている。

五十年、とひと口に言うが、地方都市でこういった文学賞を続けることは容易ではない。その間にはいろんな出来事があった。思い返すと感無量である。

第一回当時の選考委員は、井上靖《やすし》さん、吉行《よしゆき》淳之介さん、三浦哲郎《てつお》さん、選考会のときはまだ剃髪《ていはつ》していなかった瀬戸内晴美さん、森山啓さん、それに評論家の奥野健男さんと尾崎秀樹《ほつき》さん、そして私、という顔ぶれだった。

文学賞の選考会というと、酒でも飲みながら気楽にやっているのだろうと誤解する人もいるようだ。しかし、実際はそんなものではない。

お互いの文学観と批評性がためされる真剣勝負の場なのである。ときには激論のあげくに摑《つか》み合いになりそうな場面もある。一人がつよく反対するために何時間も難航することもある。

大声を出す人がいたり、頑として自説を曲げない人がいたりで、時には結論が出ないまま、腕組みして選考がストップする場面もあった。

文学観と批評性がためされた真剣勝負の選考の場

あるとき、選考委員の一人である奥野健男さんが、一人の女性の書き手を強く推してゆずらないことがあった。

しかし、ほかの選考委員たちが同意しない。激論をたたかわせること数時間、突然、沈黙した奥野さんが、引きつった顔で、

「これだけ――」

と、つぶやいた。

「これだけ僕が推しても、駄目ですか」

と、とぎれとぎれに言うと、不意にハラハラと涙を流して、ウッ、ウッと泣きだしたのである。

皆があっけにとられて沈黙すると、奥野さんは、かすれた声で、

「僕は、批評家としてのプライドをかけて推薦しているんだ」

と言った。

全員が困惑した表情で奥野さんをみつめた。ふだんなら饒舌《じょうぜつ》な瀬戸内さんも、眉《まゆ》をひそめて見守っている。

その場の厄介な空気を救ってくれたのは、達人、吉行淳之介さんだった。

「おい、奥野、泣くなよ。みんな困っちゃってるじゃないか。そっちの気持ちはわかってるんだから」

と、奥野さんの肩を抱くようにして言ったのだ。

「また、次回ということもある。ここのところは我慢してくれよ」

すると奥野さんは、手で涙をぬぐって、無言でうなずいた。

みんな当時は若かったのだ。いまは私をのぞいて、みんな他界してしまった。さびしい。

奥野健男　東京都生まれ。東京工業大学化学科卒。在学中に『太宰治論』を発表して注目され、一九五八年、同人誌「現代批評」を創刊。七二年、『文学における原風景』で作家と生まれ育った風土との関係を論じた。評論『〝間〟の構造』で平林たい子文学賞、『三島由紀夫伝説』で芸術選奨文部大臣賞を受賞。

歌も芝居も、ダレ場というものが必要なんじゃないのかな

星野哲郎《ほしのてつろう》（作詞家　一九二五年〜二〇一〇年）

専属作詞家だった頃のこと

私がレコード会社の専属作詞家だった頃、星野哲郎さんはすでに売れっ子の大家だった。私は学芸というセクションにいたので、一般流行歌部門とは縁がなかったが、星野さん、吉岡治さん、中山大三郎さんなどとは、よく顔を合わせてお喋《しゃべ》りをしたものである。

私は当時、いわゆる童謡や、ホームソング調の歌の歌詞を専門に書いていた。「こぎつねさん」とか、「雪がとけたら」とか、その他テレビ番組の主題歌なども手がけたが、さしたるヒット曲もなく、少し肩身のせまい思いをしていた。東海道新幹線が開通したとき、会社にいわれてキャンペーンソングを書いたこともある。歌い手は若山彰《あきら》さんだったが、これもあまり売れなかった。若山さんは、「喜びも悲しみも幾歳月《いくとしつき》」という映画の主題曲をうたって大ヒットした人気歌手である。

星野哲郎さんが語ったヒット曲の魅力

そんなこんなで少しくさっている時に、星野さんと雑談をする機会があった。

「ぼくの書く歌は、どうしてヒットしないんでしょうかね」

と、私がきくと、星野さんは目をパチパチとしばたたかせて、うーん、と困った顔をした。

「そうだなあ」

と、星野さんは首をかしげて、

「ヒットするかしないかは、運もあるからねえ」

「運だけじゃないと思います。詞の作り方に問題があるんじゃないでしょうか」

星野さんは困ったような顔をして、

「あなたの書いた詞、いくつか読んだけど——」

大先輩にそう言われて、私は感激した。駆けだしの童謡作家の詞に目をとめてもらっただけでもうれしい。

「なにか気がついたことがあったら、教えてくれませんか。どんなことでもいいですから」

と、私は強引に星野さんに頼んだ。こちらが畠《はたけ》ちがいの学芸部の人間であるということが、そんな無遠慮な言い方をさせたのだろう。

「うーん」

しばらく考えたあと、星野さんは遠慮がちにこう言った。

「あなたの歌詞は、最初から最後までキチンとし過ぎてるような気がするんだよね」

「キチンとし過ぎてる、というのは——」

「ひとつひとつ言葉を選んで、一行目から最後のフレーズまですきがない。歌も芝居も、ダレ場というものが必要なんじゃないのかな」

「ダレ場ですか」

「そう。歌にはサビというものがあるでしょう。この一行で勝負という決め文句がね」

「ええ」

「その一行の前の文句は、どうでもいい平凡な言葉のほうがいいんです。月並みな一行が、次にくるサビの詞をギラッと光らせる。全部キラキラしてると、サビが立たない」

なるほど。これが百戦錬磨のプロの技なのかと納得した。人生にもダレ場が必要なのかもしれないと思う今日この頃である。

星野哲郎 山口県生まれ。一九四六年、高等商船学校卒。船乗りになるも大病を患い療養生活を余儀なくされる。五二年、雑誌「平凡」の懸賞に応募した「港のスケッチ」（のち「チャイナの波止場」に改題）が入選、翌年作詞家デビュー。代表作に「アンコ椿は恋の花」「三百六十五歩のマーチ」「男はつらいよ」「兄弟船」など。

あなた、トモコと仲良しなんだって？

杉村《すぎむら》春子《はるこ》（俳優　一九〇六年〜一九九七年）

たった一度だけの杉村さんとの出会い

名優、という言葉ですぐに頭に浮かぶのは、私の場合はまず故・杉村春子さんである。新劇という枠を超えて、俳優としての存在感の持主といえば、この人をおいて外にはまず考えられない。

偉大な俳優というのは、舞台の上だけでなく日常的などの場面でも大きな実在感を示すものだ。私はたった一度だけ杉村さんとお会いしたことがあるが、そのときの声のトーンから、言葉の切れはしまで忘れることができない。

あれはたぶん、なにかの舞台が上演されたときのロビーの片隅での会話だったと思う。

「五木さん！」

と、声をかけてくれた婦人が、杉村春子さんであることを、私は一瞬、気づかなかった。舞台の上であれほど大きな存在感を示す杉村さんが、意外に普通の中年婦人にみえたからである。

しかし、杉村春子という個性の発するオーラの前に、私は小学生のようにもじもじしながら、ハイ、とか、イイエ、とか答えるしかなかった。

開幕のベルが鳴ったとき、彼女は「それじゃ」とうなずいて立ち去ろうとしたが、一瞬ふりむいて、私に言った。

「あなた、トモコと仲良しなんだって？」

「え？」

いきなりの言葉にどう答えていいやらわからずに、私はすぐに反応することができず、ただ突ったっていると、杉村さんは身をひるがえして、たちまち姿を消してしまった。

奈良岡さんとの五十年ちかいつき合い

トモコ、というのが民藝の奈良岡朋子さんのことだと気づいたのは、一瞬たってのちのことだった。

奈良岡さんは、私にとって女友達というよりも、先輩といったほうがいい存在だった。一年に一度か二度、お会いするたびに私に議論を吹っかけてくる怖い人だった。

「わたしのほうが先輩なんですからね」

と、彼女はふたこと目にはそう言う。

たしかにちょっと年上ではあったが、まるで少女のように軽やかな人だった。

奈良岡さんのルーツは青森である。東京で育ったチャキチャキの都会っ子だが、見事な方言を身につけていた。奈良岡さんが地元の言葉で詩を朗読すると、歌のようにきこえるのだった。

「五木さんって、ダメな人ね」

と、いうのが彼女の口ぐせだった。

奈良岡さんは自分でフォルクスワーゲンを運転していた。私はできるだけ同乗しないようにつとめていた。知的な外見とは裏腹に、激烈といっていいような勇敢な運転をする人だったからである。

五十年ちかいおつき合いのなかで、彼女に教えられたことは数多くある。その意味では、たしかに先輩といっていい存在だった。

杉村春子さんが、そのときどんな含意で私に問いかけられたのかは、今もわからないままだ。

杉村春子　広島県生まれ。声楽家を目指して東京音楽学校を受験するも二度失敗。築地小劇場の広島公演を見て、一九二七年、研究生となる。三七年、文学座の結成に参加。舞台以外にも映画、テレビと幅広い分野で活躍した。森光子、高峰秀子、山田五十鈴、勝新太郎など名だたる名優たちへ影響を与えた。

きちんとひげを剃る。
そんなタイプの男が、
いざという時に強かったんです

C・W・ニコル（作家、環境保護活動家　一九四〇年〜二〇二〇年）

どんな人間が逆境に強いか

C・W・ニコルさんが亡くなったのは二〇二〇年の春である。ニコルさんはウェールズ出身の日本人である。ドナルド・キーンさんと同じく、異国に生まれ、日本を愛し、この国に帰化して日本で死んだ。

ニコルさんは冒険家であり、自然環境保護運動家であり、そして作家でもあった。若い頃、プロレスの前座をつとめたことがある、というのはニコル伝説の一つだが、堂々たる体格と、草花のような繊細《せんさい》な感覚の持ち主だった。

何十年か前、F・フォーサイスが来日した折りに、帝国ホテルで私がインタヴューをしたことがある。そのとき、少年のように興奮して、「通訳はぼくにまかせてくれ」と言ってきかなかったのがニコルさんだった。

当日、フォーサイスと会った瞬間、ニコルさんはすごくあがってしまって、滑《なめ》らかに口が動かない。これはまずかったな、と思ったが後の祭りだった。堂々たる体格のニコルさんが、しどろもどろになっている姿がおかしかった。

礼儀正しい男が強かった

そんなニコルさんが極地探険の体験を語ってくれたなかで、興味ぶかかったのが「どんなタイプの人が極限状態のなかで強いか」という話だった。

体力でもない。勇気でもない。寒気と嵐の中で何日も耐えぬくことのできる人間は、礼儀正しいタイプのメンバーだったというのだ。

テントの中に閉じこめられて何日も何日も待つ。いつ嵐が過ぎ去るか知るすべもない。誰もが苛立《いらだ》ち、ときには口論したりする。

そんななかで、最後まで耐え抜くことのできる男は、意外なことに「礼儀正しい男」だったというのだ。

朝、起きるときちんとひげを剃《そ》る。髪をなでつけ、歯を磨く。顔を合わせると笑顔で、「おはよう」と挨拶する。

横をすり抜けるときには、「エクスキューズミー」と言う。そして時々、冗談を言って仲間を笑わせる。できるだけ身綺麗にして、荷物の整理も忘れない。

「そんなタイプの男が、いざという時に強かったんです」

と、ニコルさんは言っていた。

「ガタイが大きくて、荒っぽい男は、意外に頑張れなかったんだ」

一度、山の中のニコルさんの家を訪ねて、食事をごちそうになったことがあった。熊の肉を煮てもてなしてくれた。

私が食べ残したのを見て、ニコルさんは言った。

「ダメ。ちゃんとぜんぶ食べてください。熊さんに失礼じゃないですか」

熊のような体格のニコルさんが、めずらしく怒った顔をしたことを憶《おぼ》えている。

「良き者は逝《ゆ》く」

という古い言葉を、私はしばしば思い出す。長く生き残るのは、すれっからしばかりだ。ニコルさんのはにかんだような笑顔を忘れることができない。合掌。

C・W・ニコル　イギリス・ウェールズ生まれ。一九六二年、空手の修行のため来日、ブナの原生林が残る豊かな自然に魅了される。八〇年から長野県黒姫高原に居住、執筆活動とともに自然環境の保護活動を行う。九五年、日本国籍取得。二〇〇二年、「C・W・ニコル・アファンの森財団」理事長就任。著書に『勇魚』『風を見た少年』など。

若者には祭りが必要なんです

藤《ふじ》澤《さわ》武《たけ》夫《お》（実業家　一九一〇年〜一九八八年）

ホンダを世界的企業に押し上げた功労者

本田宗一郎は世界のレジェンドだが、藤澤武夫の名を知る人は業界以外の世界では意外に少ない。

ホンダが企業として大をなしたのは、宗一郎と藤澤武夫の二人三脚の奮闘によってであると私は思う。

天才肌の技術者であった宗一郎は、販売・営業については少年のようにナイーヴなところがあった。藤澤武夫という大人《たいじん》と手を組むことでホンダは超一流の企業に成長したのである。

本田が藤澤に実印とビジネスの全権を託《たく》した話が語り伝えられているほどに、両者のスクラムは固かった。のちに私財を投じて学生を支援する組織を立ちあげたときも、二人は人に知られることなく手を組んでいた。

私が知り合った頃は、藤澤さんはすでに副社長の地位を退き、芸術、文化などの世界に情熱を寄せていたが、政府からの叙勲《じょくん》などにも全《まった》く関心がなく、最近話題の小説の話などに熱中する柔軟さは、まるで若い学生のようだった。

毎年、鈴鹿《すずか》サーキットで催されるオートバイの「八時間耐久ロードレース」の話題になったとき、藤澤さんが微笑して言ったのが、「若者には祭りが必要なんです」という独《ひと》り言のような言葉だった。

黒子に徹した藤澤武夫さんの声援

夏のある週、全国各地からオートバイを駆って無数の若者が鈴鹿に集ってくる。かつてのお伊勢参りを連想させるイベントだ。俗に「鈴鹿のハチタイ」と称されるそのレースは、たしかに祭りの雰囲気があふれる催しだった。

最初の頃は新聞の片隅にも載らない大会だったという。私がかかわり合うようになったのは、「せめて全国紙でニュースになるようなイベントに育てたい」という藤澤さんの気持ちを後押しするのが動機だった。

毎年のように鈴鹿に通い、「八耐《ハチタイ》の歌」を作ったり、小説の舞台に描いたりもした。やがて、「ハチタイ」はNHKがニュースに取りあげるようになり、一つの仕事が終ったような気がした。

その間、藤澤さんは、あれをこうして欲しい、これはできないか、などとはひとことも言わなかった。会えば音楽の話だったり、イタリアの工芸品の話などで時間を過ごした。

中国でいう大人とは、こういう人を言うのだろう、と別れた後でいつも思うのだった。

技術の本田宗一郎、経営の藤澤武夫、このコンビがホンダの世界的名声を築きあげたのだ。それまでの暴走族のイメージを払拭《ふっしょく》し、モータースポーツの世界をメディアに認知させたのは、鈴鹿の「八耐」と「マン島TTレース」の成果だったとあらためて思う。

その陰に、あえて陽の当る場所へ出ることなく、黒子に徹した藤澤武夫の声援があったことを今更のように痛感しないわけにはいかない。

「若者には祭りが必要なんです」

と、微笑《ほほえ》みながら言った表情を、いまさらのように懐《なつか》しく思い出す。

藤澤武夫　東京都生まれ。一九二八年、旧制京華中学校卒。丸二製鋼所、日本機工研究所などを経て、四九年、本田技研工業に常務取締役として入社。五二年、専務取締役、六四年、副社長、七三年、取締役最高顧問、八三年、最高顧問を歴任した。

これ、なんだろう。フカヒレかな？

岸《きし》 洋子《ようこ》（シャンソン歌手　一九三五年〜一九九二年）

スケールの大きな天才歌手

作家として自立する以前に、私はいろんな仕事を転々として暮らした。二十代の終りの頃、ある音楽制作会社で働いていた頃の思い出である。

一九五〇年代から六〇年代にかけて、この国には音楽の黄金時代とでもいうべき季節があった。全国各地に歌のライブハウスがあり、さまざまな歌声が街に流れていたのである。

東京の銀座周辺だけでも、シャンソンの「銀巴里《ぎんパリ》」、ジャズの「テネシー」、若い世代の集る「銀座ACB《アシベ》」、ハワイアンなどの「不二家ミュージックサロン」、大人の雰囲気の「日航ミュージックサロン」、そのほかにも生で歌を聴かせる店が何軒もあったのだ。

当時、シャンソン歌手と呼ばれていた歌い手の中で、岸洋子はひときわスケールの大きなシンガーだった。シャンソンだけでなく、カンツォーネやクラシックも歌いこなせる実力派だったのである。

「希望」などという歌は、いまでもふっと口をついて出てくることがある。山形の酒田の出身だと聞いたが、とにかく日本人ばなれのしたシンガーだった。

音楽における多様性の時代

ある日、私が所属していた音楽事務所で歌の歌詞に手を入れていると、岸さんが現れて隣りのテーブルで出前を注文した。ステージでは夢のように華やかな歌い手が、中華の出前をとって、八宝菜かなにかを食べはじめたので、びっくりした記憶がある。

私が横目で眺めていると、ふと箸《はし》で黒い小さなものをつまみあげて、首をかしげている風情。

「これ、なんだろう。フカヒレかな?」

と、独《ひと》りごちつつ、あっというまにパクリと口に入れてしまった。

私の見たところでは、それは彼女の大きなツケ睫《まつげ》である。それが外れて、皿に落ちたのだ。止めようもない一瞬のできごとだった。

後で彼女が強度の近視であることを知った。

とにかくスケールの大きな歌手だった。

その頃のことを考えると、いまは巷《ちまた》に歌がきこえない時代のように思われてならない。一つのジャンルだけでなく、いろんな歌が生で聴けたのだ。ハワイアンあり、ジャズあり、シャンソン、ラテン音楽、うたごえ専門の店もあったし、タンゴ歌手、ジャズシンガーという歌い手さんもたくさんいた。

演歌、歌謡曲の歌い手さんはもちろん、民謡歌手もしばしばテレビに登場していた。いわば、音楽における多様性の時代だったとも言えるだろう。やがて次第にロックやフォークが主流を占めるようになっていく。

岸洋子はそんな時代のヒロインの一人だった。どこか大陸的なおおらかさと、音楽性の確かさがあいまって、シャンソンというジャンルを超えた国民歌手の雰囲気があった。

すぐれた歌い手を生み出すのも、時代というものの役割が大きい。

ダイバーシティーなどと言いながら、いまは当時の豊かな歌の世界を懐《なつか》しむばかりである。

岸 洋子　山形県生まれ。東京藝術大学大学院声楽専攻科修了。大学在学中、心臓神経症のためオペラ歌手を断念したが、エディット・ピアフに感動してシャンソンの世界へ。一九五九年、ＮＨＫのオーディションに合格し、六一年、キングレコードと契約。「夜明けのうた」「希望」で日本レコード大賞歌唱賞受賞。

「わたしの城下町」みたいな歌を書いてみたいと——

井上《いのうえ》 靖《やすし》（作家　一九〇七年〜一九九一年）

小説家であり詩人でもあった井上靖さん

井上靖さんとは、かなり長いおつき合いをさせて頂いた。

文壇の大先輩であると同時に、いろんな面でお世話になったのである。

井上靖さんは金沢の四高で柔道をやっていらしたことがある。新人時代に私も金沢に住んでいたこともあって、いつもお会いすると金沢時代の話がはずんだ。

泉鏡花文学賞《いずみきょうか》という賞を設けることになったときも、まっ先に井上さんに相談をした。気持ちよく選考委員を引受けてくださっただけでなく、さまざまなアドバイスをいただいて、無事にスタートすることができたのだ。

柔道の猛者《もさ》である井上さんは、ふだんは実にジェントルな作家だった。

なにかの折りに酒場で無礼なことをはたらいた相手に対して、

「あなたを投げとばしてよろしいですか」

と、静かに言われたという伝説もある。

いちど井上さんとご一緒にヨーロッパに出かけたことがあった。ハンブルクやロンドンで在住日本人のために講演をしたのである。

井上さんは決して雄弁ではなかった。最初の講演のとき、井上さんが冒頭に言われた言葉を今でもときどき思い返して、なんともいえず懐《なつか》しい気持ちになることがある。

「港から眺めますと、海の上に貨物船が一隻《せき》静かに浮かんでおりました」

井上さんは優れた小説家であったが、また純粋な詩人でもいらした。

井上靖さんの本音

あるとき金沢で食事をしながらお酒を飲んでいるとき、ふと井上さんが私に言った。

「五木さんはむかし、歌の作詞もされていたんだそうですね」

「はい。童謡とか、歌謡曲とか、いろいろ書きました。ほとんど売れませんでしたが」

「ぼくも売れない詩を書いていたことがありますが、じつはひそかに歌謡曲の詞を書いてみたいと思うことがあります」

「へえ。歌謡曲の詞ですか。たとえば、どんな歌をお書きになりたいんですか？」

「うん」

井上さんは、ちょっとはにかんだような表情をして、

「最近デビューした歌い手さんで、『わたしの城下町』というのをうたっている人がいるでしょう」

「ああ、小柳ルミ子さんという歌手です。よくご存知ですね」

「わたしはあの歌が大好きなんです。ああいう歌を書いてみたいと――」

井上さんは酒のせいか少し頰《ほお》が赤らんでいるように見えた。

それから井上さんは照れ隠しのように、話題を変えた。

「最近、真向法《まっこうほう》というのに凝《こ》ってるんです。五木さん、こういうポーズ、できますか？」

と、不思議な姿勢で上体を前屈させた。あれはきっと井上靖という作家の本音だったんだろうな、と、懐しく思い出す。

井上靖　北海道生まれ。京都帝国大学文学部哲学科卒業後、毎日新聞社に入社。戦後多くの小説を手掛け、一九五〇年、「闘牛」で芥川賞を受賞。五一年、新聞社を退社。『天平の甍』で芸術選奨文部大臣賞、『おろしや国酔夢譚』で日本文学大賞、『孔子』で野間文芸賞など受賞作多数。七六年、文化勲章を受章した。

ジャズってチンドン屋の音楽だよね

石川《いしかわ》順三《じゅんぞう》（クラリネット奏者　一九二九年〜二〇一一年）

ジャズとの出逢い

私がはじめてジャズを聴いたのは、一九五二年、大学一年生のときだった。二十歳になるかならぬかの頃だったと思う。

場所は銀座の「テネシー」という店である。いまでいうなら、さしずめライブハウスといったところだろう。

しかし、当時はジャズ喫茶と呼ばれていて、二階席もあり、なかなか当世風の小洒落《こじゃれ》た店だった。若き日の大橋巨泉《きょせん》がMCで出演していたこともあったらしい。

ときには外国の有名なミュージシャンが出演することもあり、貧乏アルバイト学生にとってはかなり敷居の高い店だった。

「テネシー」には、日替りでいろんなバンドが出演していた。

「白木秀雄とクインテット」とか、「沢田駿吾とダブル・ビーツ」とか、さまざまだったが、私がはじめて聴いたのは「南里文雄とホットペッパーズ」だった。古くから活躍していた有名なジャズ・バンドである。

鴨《かも》の子供は、生まれて最初に目にした動物を母親と思い込んで行動する、とかいたことがあるが、私もはじめて聴いた生のジャズが古風なディキシーランドだったことで、生涯ずっと古風なジャズを偏愛することになったのだ。

熱心に通った「テネシー」の思い出

当時、銀座には何店ものミュージック・ライブの店があり、それぞれに客がつめかけていて活気があった。

シャンソンの店としては「銀巴里《ぎんパリ》」で、有名歌手が数多く出演していた。ハワイアンの店や、ポップスの店もあり、のちに日航ミュージックサロンなどもできた。

「銀巴里」では、当時、丸山明宏といっていた美輪明宏のこの世のものと思われぬ美少年ぶりに瞠目《どうもく》し、工藤勉《べん》の津軽弁の和製シャンソンにも陶然《とうぜん》となった。

しかし、やはり熱心に通ったのは「テネシー」である。二階席に陣どって、拍手したり声をかけたりした。「タイガー・ラグ」とか景気のいい曲になると、たちあがって手を振ったりもした。

幼稚といえば幼稚なジャズのファンだった。しかし、ジャズをレコードからでなく、ライヴで接したことは、私にとっては幸せだったと思う。それも日本人のプレイヤーで。

「テネシー」には、ほかに「森亭《もりとおる》とシックスポインツ」というディキシーのバンドも出演していて、そちらもよく聴いた。

そんなミュージシャンのなかで、とくに私が好きだったのはクラリネット奏者、石川順三である。二階席に陣どって、クラリネットのソロになると、「よう、ジュンゾー！」などと声をかけたりもした。

のちに私の友人のオジさんだとわかって、いちど話をしたことがある。そのとき彼がつぶやいたのが、「ジャズってチンドン屋の音楽だよね」という言葉だった。いまだに哲学的なジャズになじめない私の原点は、そこにあるのかもしれない。

ちなみに石川順三は、夏目漱石の親戚であるとか聞いたことがあった。

石川順三　一九六〇年に結成された日本を代表するディキシーランドジャズバンド「薗田憲一とデキシーキングス」の初代メンバーだったが、六六年に退団。七三年に再入団するも七五年に退団。退団後はとんかつ屋、タクシードライバーなどをしながら生涯クラリネット奏者として現役を続けた。

しごく淡々として明るかった

矢崎泰久《やざきやすひさ》（編集者、ジャーナリスト　一九三三年〜二〇二二年）

「ヘアー」が世界の話題だったころ

矢崎泰久氏は、知る人ぞ知る「話の特集」の編集長だった人物である。「話の特集」といっても、いまの若い人たちにはピンとこないかも知れない。しかし、戦後日本の成長期に「話の特集の時代」といってもいい時代があったのだ。和田誠や永六輔をはじめ、当時のもっとも尖鋭《せんえい》な表現者たちが動物園のように群れ集った雑誌である。

その動物飼育者であり園長でもあった人物、といえばなんとなくイメージがわいてくるだろうか。不肖《ふしょう》、私もその雑誌で野坂昭如との「対論」という連載をやったり、スペイン内戦に関する文章を書いたりした。夜は麻雀《マージャン》の卓をかこみ、朝日がのぼるまで席を立たなかった。

氏がプロデュースする「遠くへ行きたい」というテレビ番組を作るために各地を旅したりもした。

あるとき、矢崎氏がオーストラリアへ出かけてきたとかで、土産話を聞いたことがある。

「五木さん、シドニーで話題のミュージカル〈ヘアー〉を観ましたよ」

「ほう。オーストラリアでもやってるんですか。どうでした?」

「凄《すご》いです。あそこも全部出します」

「それは、それは」

「幕があがると、出てくる男の俳優たちが、観客のほうへずらずら並んで行進してくるんですが、これが驚いたことに――」

「裸ですってね」

「そう。しかも、全員、見事に直立しているのです」

「まさか」

「いや、本当。立派なものです」

「でも、そんなことが可能なんだろうか。信じられない」

「幕の背後で、何かウォーミングアップでもするんじゃないでしょうか」

「なるほど」

「それが愉快なことにですね、行進している間に少しずつダウンしてくる奴が出てくる」

「実るほど頭《こうべ》をたれる稲穂かな――というやつだな」

「ところがこれも個人差がありましてね、終始一貫、身を屈せずに巨砲を天に向けているのもある」

「血圧の問題かもね」

「それにくらべて、こんなにちっちゃく、ほらここにあるピーナツみたいになっちゃって、ヘアーの中に身をひそめ、見えなくなっちまうのもあるのですね」

「ありうることだ」

「見ている観客の顔がまた面白い。しごく淡々《たんたん》として明かるかった」

「いい話だねえ。だけど、その話、嘘でしょう?」

「いや、絶対に本当です」

当時、雑誌に書いて紹介した一節だが、私は今だにその話の真偽を疑っている。しかし、ひょっとすると——と、思わせるところが「話の特集」の編集長の御光《ごこう》だったのだ。

矢崎泰久　東京都生まれ。早稲田大学政治経済学部政治学科中退。日本経済新聞、内外タイムスの記者を経て、一九六五年にミニコミブームの草分けといわれる月刊誌「話の特集」を創刊、九五年の休刊まで編集長を務めた。「リベラル・反権威」を掲げ、小松左京、寺山修司、永六輔、横尾忠則、篠山紀信らが寄稿した。

うまい歌じゃなくて、いい歌をききたいんだ

馬淵玄三《まぶちげんぞう》（音楽ディレクター　一九二三年〜一九九七年）

「艶歌の竜」のモデルの名ディレクター

私は若い頃、芸能界を舞台にした小説をいくつか書いている。

『艶歌《えんか》』、『涙の河をふり返れ』、『旅の終りに』など、かなりの数の物語りを書いた。

レコード界を舞台にしたそれらの作品のなかで、主人公として描いたのが高円寺竜三とい

うベテラン・ディレクターである。

テレビや映画化もされて、その主人公の仇名《あだな》である「艶歌の竜」という名前が、話題になったりもした。

その「艶歌の竜」のモデルとされて、業界で伝説的な存在となったのが、レコード・ディレクターの馬渕玄三さんだった。

馬渕さんは慶應大学出身のインテリである。しかし、その風貌には、いささかもそんな気取りはなく、一介の職人さんといった印象だった。

ハンチングを無造作にかぶり、ズボンのポケットに競馬新聞、年代もののジャンパー姿でスタジオに現れる。

それこそ数々の超有名歌手を育て、世の中にヒット曲を送りだした名ディレクターとは思えない雰囲気だった。

私がレコード会社に専属作詞家として迎えられたとき、馬渕さんの周囲には才能のあるアーチストが群をなして集っていた。

兄貴分の星野哲郎さんをはじめ、若手では中山大三郎、叶弦大《かのうげんだい》、吉岡治、などの顔がすぐに思い出される。

私は学芸部というセクションに所属していたので、あまり歌謡曲には縁がなかったが、そんな私を馬淵さんは妙に大事に扱ってくれた。歌謡曲、演歌を専門に歌を作ってはいても、ときには理屈っぽい議論を展開する話相手が欲しかったのかもしれない。

いつの時代も変らぬ歌の心

当時は新宿や渋谷、池袋など盛り場の夜の町には、たくさんの〝流し〟の歌い手がいた。

「旦那、一曲いかがですか」

と、ギターを抱えて飲み屋やバーなどを回る街のアーチストである。

馬淵さんと一緒にどこかの店にいて、そんな流しの人たちと会うと、彼らは直立不動で「先生！」と馬淵さんに最敬礼をしたものだった。なにしろ彼らの飯の種のような歌の数々を生み出した人物であるから当然だろう。

その馬淵さんが歌い手に言葉ずくなに教えるのが、「うまく歌おうとするな」ということだった。

「多少、音程がずれたっていいんだよ。うまい歌じゃなくて、いい歌をききたいんだ。いい歌をきかせてくれ」

録音のときに馬渕さんは、小声でぼそぼそと歌い手に言う。どんな大歌手にでも、同じことを言っていた。

何十回となく繰り返して歌わせて、突然、

「よし！　できた」

と、立ちあがる。

そんな時代劇みたいなレコードの世界が、つい半世紀前まではあったのだ。

人も変る。歌も変る。しかし、変らぬ歌の心というものはある、と信じたい。

馬渕玄三　一九四八年、日本コロムビア入社。五八年、ディレクターとなり、島倉千代子の「からたち日記」を大ヒットさせる。四十歳で日本クラウン設立に参加。北島三郎や水前寺清子などを手がけ、かぐや姫の「神田川」も百二十万枚を超えるヒット曲に導いた。八〇年の山本譲二「みちのくひとり旅」のヒットにも携わる。

外国人に気やすく謝っちゃ駄目だぞ

田村《たむら》泰次郎《たいじろう》（作家　一九一一年〜一九八三年）

晩年の田村泰次郎さんとの思い出

田村泰次郎さんは、戦後の小説界に大変なセンセーションを巻きおこした大流行作家である。

もともと「人民文庫」に連載小説を書き、行動主義の作家としても知られた人だったが、戦後、中国より復員すると、〈肉体シリーズ〉で一大ブームの渦中の人となった。

そのなかでも『肉体の門』は、時代の象徴というべき大ヒット作で、少年の私まで田村泰次郎の名前を知っているくらいだった。しかし、いわゆる肉体主義の作家としての顔とは裏腹に、晩年には清冽《せいれつ》な文学的作品が多い。

私が田村さんとはじめてお会いしたのは、「小説現代」という雑誌の新人賞をもらったときである。田村さんは選考委員のお一人だった。

選評でも好意的な文章を書いてくださったし、受賞パーティーでお会いしたときも、旧満州のハルビンの話などを聞かせてくださって、おおらかな人柄を感じさせられたものだった。

晩年、いつ頃のことか記憶がさだかではないが、文壇のパーティーで一度立ち話をしたことがある。

そのときに担当編集者から聞いたのが、こういう話だった。

パリで交通事故に遭っても謝ってはいけない

田村さんがパリに旅行されたとき、くわしいことは知らないが、交通事故かなにかでちょっとした怪我をされて入院したことがあった。話では車を運転していたのは優雅なフランスのマダムだったそうだ。見舞いに花をもってきてくれたので田村さんは感激されたらしい。お互いに相手を気づかって、友好的に話をしたのだが、別れぎわに田村さんが、

「いや、私のほうも不注意でした。ご迷惑をおかけしてすみません」

と、社交的な挨拶をしたのは、日本的なマナーとして当然だろう。

ところが、その後で相手のフランス人からかなりの額の賠償金の請求がきた。そこには、田村さんが自分の不注意を認め、責任は自分の側にある、と言明したと書かれていたという。弁護士を立てての話合いとなったが、相手側は、田村さんがみずから自分の非を認める発言をした、と主張する。

「私のほうが不注意でした。ご迷惑をおかけしてすみません」

と言ったではないか、というのが向うの言い分だったそうだ。

「あなたは確かにそう言いましたね」

という弁護士の詰問《きつもん》に、

「いや、そんなことは言っていません」

とは言えないのが日本人というものだ。私たちはすぐに「すみません」という言葉を口に

する習慣がある。

それは一種の社交儀礼であり、挨拶のようなものだ。

しかし、外国では謝ったということは、自分の非を認めたことになる場合もある。国際社会はきびしいものだ。

「外国人に気やすく謝っちゃ駄目だぞ」

と、田村さんは言っておられたそうだ。

ウエイトレスを呼ぶ際にも「スミマセーン」と声をかける国民としては、どうも困ったことではある。

田村泰次郎　三重県生まれ。早稲田大学文学部仏文科卒。大学在学中から小説、評論などを次々と発表したが、太平洋戦争開始を前に応召。一九四六年、帰還。『肉体の悪魔』『肉体の門』『春婦伝』『男鹿』『蝗』『地雷原』など戦場を潜り抜けた人間だけが持つ独特の生命観に裏打ちされた作品を描き、「肉体派作家」として熱狂的に支持される。

同じ大変な年に生まれたんだから

野村沙知代《のむらさちよ》（タレント　一九三二年〜二〇一七年）

初対面での突然のお願い

野村克也監督夫人の野村沙知代さんは、日本人ばなれのしたおおらかな女性だった。

ある日、私がカンヅメになっていたホテルの車寄せで、

「イツキさーん」

と、大声で呼ぶ女性がいた。どうやらテレビで見たことのある野村監督夫人の沙知代さんであるらしい。ホテルの入口なので、出入りする人たちの好奇心にみちた視線が集中する。勢いよく駆け寄ってきた彼女は、あたりをはばからぬ大声で、

「ああ、会えてよかった。じつはお願いがあるの」

初対面でいきなりお願いといわれても、応待のしようがない。

「私、こんど小説を書いたんです。読んで、面白いと思ったらどこか出版社を紹介してくださる？」

「え、いきなりそんなこと言われても——」

と、私のほうはたじたじの態である。

「いいじゃないの。五木さん、昭和七年の生まれでしょ。私も昭和七年。同じ大変な年に生まれたんだから、よろしく」

という訳で、分厚い原稿の束を押しつけられた。昭和七年生まれなら石原慎太郎さんもそうじゃないか。そっちへ頼んだほうがいいですよ、と言いかけた時には、もう姿はなかった。

一応、原稿は読んだが、私には判断がつかない。

しかし、私は野村監督が好きだったので、旦那に免じて、ある編集者にその原稿を托《たく》した。

結果はアウトだったようだ。沙知代夫人からも、編集者からも、何の連絡もなかったからである。

同じ時代を生きた者同士の繋がり

私は正直にいって、以前、沙知代さんには余り良い印象は持っていなかった。世間一般の評判もそうだったようである。しかし、彼女のおおらかというか、こせこせしない生き方には、ある共感をおぼえるところがあった。この島国の枠をはみ出したお人柄のように感じられたからである。

あの野村監督が、あそこまで惚《ほ》れこむには、それなりの理由があったにちがいない。緻密《ちみつ》さが売物の野村監督だが、たぶん自分にない何かを沙知代さんから感じとっていたのではあるまいか。

昔、〈花の七年組〉という言葉があった。

昭和七年生まれの人が、華々しくジャーナリズムで活躍していたことがあったのだ。

〈同じ大変な時代に生まれたんだから――〉

と、沙知代さんが言ったのは、たしかに一理あるような気がしないでもない。

昭和七年、一九三二年は満州国建国の年であり、五・一五事件がおこった年でもあった。

日本が国際連盟を離脱し、困難な道を歩きはじめた頃でもある。同じ時代を生きたことは、個人の運命を超える何かがあったのかもしれない。

野村沙知代　福島県生まれ。一九七八年、プロ野球選手の野村克也と周囲の反対を押し切って結婚。八五年、野村を描いた『きのう雨降り今日は曇りあした晴れるか』で潮賞ノンフィクション部門特別賞受賞。九六年、衆院選に出馬も落選。二〇〇二年、脱税事件で有罪判決。「サッチー」の愛称で親しまれた。

この俺にマンボなんか踊らせやがって

高橋《たかはし》和巳《かずみ》（作家、中国文学者　一九三一年〜一九七一年）

様になっていた高橋和巳の踊り

高橋和巳は優れた作家である。『我が心は石にあらず』とか『邪宗門』、『悲の器』などを聖書のように持ち歩く学生たちもいた。

石原慎太郎とは対照的な文学者だったと言っていいだろう。

生前の高橋和巳とは、一度だけ一緒に旅をしたことがある。九州大学の学生に呼ばれて講演をするために福岡を訪れたのだ。

ちょうど地元の祭りの日だった。講演会場にもその大きな音が伝わってきて、落着いて話ができなかったことを憶《おぼ》えている。

その夜、一緒に夕食をしたあと、私が誘って中洲の繁華街にある一軒の酒場へいった。客席の横にちょっとしたフロアがあり、バンドの演奏で踊れるようになっている。

酒に弱い私は、すぐに酔っぱらって、高橋和巳をそこに引っぱりだした。

「さあ、踊ろう、高橋さん」

彼はしばらく躊躇《ちゅうちょ》していたが、やがて意を決したかのごとくゆらゆらと動きだした。マンボの曲が鳴っていたが、まったくリズムには合っていない。

「ほら、こういうふうに動くんだよ」

と、私は手を取ってステップを教えた。前後に足を動かすだけの簡単な動作である。

かなり酔っていた高橋和巳は、意を決したかのようにリズムに合わせて、不器用に体を揺らしはじめた。まったく踊りにはなっていない動きだったが、それはそれで様《さま》になっている感じだった。

「こんなの、オレには合わん」

と、彼は言い、やがて席にもどって飲みはじめた。

博多にいくと思い出す光景

やがてその店を出て、私たちは川ぞいの露店の並ぶ道を歩いた。柳の枝ごしに空に星がまたたいているのが見えた。酔った私たちは、川岸の人気《ひとけ》のない場所で並んで立ちションをした。

しぶきを飛ばしながら彼は吐き捨てるように言った。

「この俺にマンボなんか踊らせやがって」

「マンボはラテン・アメリカの民衆の音楽だよ」

と、私は言い返した。彼は何か反論しようとしたが、肩をすくめて黙ったままだった。

それから私たちは夜の街をさまよい、薄暗い一軒の酒場にはいった。

ギターを抱えたゲイの主人が、すぐに高橋和巳に気がついて、

「うれしか。ようきんしゃったね」

と彼とごつい手で握手をした。

「わたしね、あんたの本、何冊も読んどるとよ。ほんなこて、うれしか」

そしてギターをかき鳴らして、何か行進曲のような歌を口ずさんだ。

「うちはむかし、筑豊《ちくほう》で炭鉱の組合の専従《せんじゅう》やっとったとたい。いまはオカマやけど」

酔いの回った高橋和巳は、うん、うん、そうか、とうなずきながら、うとうとしはじめた。

あれは、何十年前のことだっただろう。博多にいくと、いつもその夜のことを思い出す。

高橋和巳　大阪府生まれ。京都大学文学部中国語中国文学科卒。一九六二年、河出書房文藝賞第一回長編部門を受賞した『悲の器』で注目を浴びる。その後も『散華』『邪宗門』など大作を発表。六七年、京大文学部助教授になるも、学生紛争で学生側を支持し、七〇年に辞職。妻は作家の高橋たか子。

いまは童謡の時代ではないのかもしれない

吉岡《よしおか》 治《おさむ》（作詞家、放送作家　一九三四年〜二〇一〇年）

歌謡曲の作詞界に不動の地位を占めた

吉岡治、という名前を聞いて、すぐに、

「ああ、石川さゆりの歌を書いた作詞家だね」

と、応じることができるのは、かなりの歌謡曲通だろう。

阿久悠《あくゆう》さんのことを知らない人はいないが、しかし吉岡治さんの名前も、広く知られている。

吉岡さんは美空ひばりの「真赤な太陽」でブレークし、大川栄策《えいさく》の「さざんかの宿」で作詞界に不動の地位を占めた。

しかし、なんといっても作詞家・吉岡治の名を不朽のものにしたのは、作曲家・弦哲也《げんてつや》さんと組んで作った「天城越え」だろう。

私が吉岡さんとはじめて会ったのは、むかし赤坂にあったクラウンレコードの一室だった。私は当時、その社の学芸部というセクションの専属作詞家として、子供や学童のための歌を書く仕事をしていたのだ。

「こちら吉岡くん。サトウハチローの弟子でね。童謡詩人です」

と、当時、学芸部のチーフだったMさんに紹介されたのである。

「CMソングを書いていらしたんですってね」

と、吉岡さんは一冊の薄い雑誌を私に手渡して言った。

「こんな童謡の同人誌をやってます。妻も童謡詩人でして」

そのときの印象は、大家となってからの吉岡さんとは全《まった》くちがっていた。痩《や》せて、神経質そうな青年だったのである。

実感のこもった独り言のような呟き

何度か会ううちに、私は吉岡さんの自宅に呼ばれて食事をしたりするようになった。お互い売れない作詞家同志の友情のようなものがあったのだろうか。

ときには若い中山大三郎さんとか、先輩の星野哲郎さんなどをまじえて、喫茶室で長ばなしにふけることもあった。吉岡さんはいつも言葉ずくなで、いかにも童謡を書いている純情な詩人といった感じだったのである。

あるとき、彼が小さな声で、

「いまは童謡の時代ではないのかもしれない」

と、ぽつんと呟《つぶや》いたことがあった。かつて大正から昭和にかけて、華麗な童謡の黄金時代があり、戦後も一時はその余波が残っていたのだが、時代はすでに素朴な童謡を置き去りにして、新しい歌の時代へつき進んでいる感じがあったのだ。

その独《ひと》り言のような呟きには、とても実感がこもっていて、なんとなく胸を突かれるような感じがした。

やがて美空ひばりの「真赤な太陽」が大ヒットして、吉岡さんはたちまち気鋭の作詞家として注目されるようになった。

それから何年かたって、「真夜中のギター」という、とても新鮮な歌が出た。その作詞家が吉岡治さんだったので、私は軽いショックを受けたことをおぼえている。

私は小説の世界に転じ、彼は歌謡曲の作詞家として活躍した。しかし、私はいつも吉岡さんの仕事に、かつての童謡詩人の名残《なご》りを感じずにはいられなかった。童謡の時代は、いまははるかな遠景にかすんでいるのだが。

吉岡 治　山口県生まれ。文化学院卒。一九六五年、大島渚監督の映画主題歌「悦楽のブルース」で本格的に作詞家として活動し始める。「さざんかの宿」「細雪」「命くれない」「天城越え」など数々のヒット曲のほか、童謡「あわてんぼうのサンタクロース」、アニメ「キャプテン翼」の主題歌「燃えてヒーロー」の歌詞も手掛けた。

あの海にはね、一生ずっと船の上で暮す人々がいたんだよ

沖浦和光《おきうらかずてる》（社会学者、民俗学者　一九二七年〜二〇一五年）

さまざまな暮しをする日本人のルーツを辿って

沖浦和光さんは学者である。大学で教えていらしたが、いわゆるアカデミズムの域にこもる学者ではなかった。

『沖浦和光著作集』を一瞥《いちべつ》すれば、その世界の広さと深さを誰もが感じることだろう。

沖浦さんは、この国の深部に深い関心を抱かれた人だった。飄々《ひょうひょう》としたその風貌からは察することができない厳しい批判を終生つらぬかれた人である。大道芸人や、山に生きる人々に注がれた視線は、鋭く、そして温かい。終生、差別というものを批判し続けた行動する学者でもあった。

私はある時期、日本人のルーツを探る旅でご一緒して、さまざまな教えを受けた耳学問の弟子の端《は》しくれである。

あるとき、瀬戸内の島々をめぐる旅の途中で、海を見おろす高台に腰をおろして、こんな話をうかがったことがあった。

「あの海にはね、一生ずっと船の上で暮す人々がいたんだよ。船の上で生れ、そこで育ち、そこで暮して生涯を終える。いわば本当の海の民だね。いまは義務教育や、その他いろんな事があるから、子供たちも陸にあがらなきゃならないんだが、昔は一生を船の上ですごす人々がいた。そういう人たちを〈エブネ〉とか言ったらしいんだが、日本人といってもさまざまな人々がいるんだ。そのことを忘れちゃいけない」

〈エブネ〉とは〈家船〉とでも書くのだろうか。中国やアジアの各地にそういう水上の民がいることは知っていたが、この日本にも一生を波の上で暮す人々がいたことは、はじめて知った。

〈サンカ〉と称される山に生きる人々にも、沖浦さんは強い関心を抱いておられた。私もいちど広島県の山中に、今もなおそんな暮しを続けている人々を沖浦さんに同行して訪ねたことがある。

土地を歩きながら教わった耳学問

「日本人といっても一色《ひといろ》ではないんだ。さまざまな暮しとルーツを持つ人々が、この島に住みついて、長い歴史をつくってきたんだよ。山に生きる人々もいる。海で生涯をすごす人もいる。流れ歩いて生きていく人たちもいる。そんなダイナミックな視点からこの国のことを考えなきゃいけない」

いろんな土地を歩きながら沖浦さんから教えられたことが、いまも私の中に生きていると、あらためて感じずにはいられない。

若い頃、野球をやっていらしたというだけあって、沖浦さんは健脚だった。飛田《とびた》の紅燈《こうとう》の巷《ちまた》を歩き、通天閣そばの大衆演劇の舞台を訪ね、そして中国山地の奥深く、山に住む人々の暮らしを体験した。
それはある意味でM・ゴーリキーの言う「私の大学」であり、私はそこで学んだのだ。
この国の差別に対しては、終生かわらぬ批判を続けた本当の学者だった。
菅江真澄《すがえますみ》、宮本常一《つねいち》などの先達と並ぶ存在だと、私は沖浦さんのことを思っている。

沖浦和光　大阪府生まれ。東京大学文学部英文科卒。大学時代は日本共産党員で学生運動の指導者として活動した。主に被差別民や漂泊民、マルクス主義的民族論などの研究を行う。著書に『幻の漂泊民・サンカ』『天皇の国・賤民の国』『日本民衆文化の原郷』など多数。桃山学院大学名誉教授。

年老いた作家には、これしかないんだよ

ローレンス・ダレル（作家、詩人、劇作家　一九一二年〜一九九〇年）

ものを書く人間同志の独特の言語

ローレンス・ダレルは、二十世紀の偉大な文学者の一人である。『アレクサンドリア四重奏』など、後世に残る名作を遺した。ヘンリー・ミラーの親友で、自伝的な『黒い本』などには、彼の影響が見られるといわれ

るが、詩集『私だけの国』なども高く評価されている。

一九六〇年代のある夏、私はロスアンジェルスのヘンリー・ミラーの自宅に短い滞在をした。そのあとフランスへいくという私に託《たく》されたのが、ローレンス・ダレルへの或《あ》る貴重な品だった。私も当時はまだ若かったのである。

西海岸から南仏のニースに直行したのは、ヘンリーさんからの届けものを彼に届けるためだった。

前もって連絡がいっていたらしく、彼は愛車であるボロボロのフォルクスワーゲンを自分で運転して迎えにきてくれていた。

途中で、

「一杯やろうか」

と、彼が言う。運転をしているのに、と私が眉をひそめると、

「この国じゃ、飲まずに運転してると捕まるんだよ」

と笑う。

車をとめて、道端のカフェで彼は酒を飲み、私はコーヒーを飲んだ。

からになったグラスを手の中でくるくる回しながら、彼は言う。

「年老いた作家には、これしかないんだよ」

私は英語がからきし駄目で、中学生なみの会話しかできない。もちろんフランス語など、ウィとノンしか喋《しゃべ》れない。それにもかかわらず、彼との意思疎通にはなんの問題もなかった。ものを書く人間同志の独特の言語があるのだ。

ローレンス・ダレルの愛車でひと時のドライブ

その年の秋、彼からサイン入りの新刊が送られてきた。私はあらためて偉大な作家のあのときの呟《つぶや》きを思い返した。「ラリーと呼んでくれ」と彼は言った。その彼も今はもういない。

彼から届いた新刊のタイトルは『トゥンク』という。私は横文字の本を読まずに長いあいだ机の上に置きっぱなしにしていたのだが、ある文芸雑誌の編集者に頼まれて、それを貸したところが、それきり返ってこなかった。

貸した本を「返せ」と催促するのは、なんとなくためらわれるものなのである。

ちょうど私が訪ねたころ、彼の『アレクサンドリア四重奏』に、映画化の話が持ちあがっていたらしい。

「こないだ主演するアヌーク・エーメがやってきてね」

と、ダレル氏は面白そうに言った。「あの世界の人間たちは、別な人類としか思えない。私にはまったく理解できないんだ」

何杯か飲んだあと、彼のオンボロのフォルクスワーゲンで、ホテルまで送ってもらった。すれちがう車のドライバーたちも、みんな酒を飲んでるのだろうかと、私は体を固くして坐《すわ》っていたことを懐《なつか》しく思い出す。

ローレンス・ダレル　イギリス植民地下のインド・ジャランダル生まれ。十五歳で詩を書き始める。一九三五年以降の海外の様々な場所での暮らしは、彼の著作に大きな影響を与えた。生涯四度の結婚をした。著書に『黒い本』『アレクサンドリア四重奏』『アヴィニョン五重奏』『にがいレモン』『私だけの国』など多数。

べつに、なーんもしてません。ただ絵を描いてるだけですよ

野見山暁治《のみやまぎょうじ》（洋画家　一九二〇年〜二〇二三年）

野見山氏が答えた千鈞の重みのあるひとこと

二〇二三年六月二十二日に百二歳で世を去られた野見山暁治画伯は、私のひそかな憧れの人だった。

著名な画家であり、文化勲章受章者でもある野見山さんは、いつも飄々《ひょうひょう》と、風が吹くよう

な感じで、もったいぶったところが微塵《みじん》もないお人柄だった。

長く生きる、ということを大事なことと考えている私にとって、私よりはるかに年長の野見山画伯は、ひとつの目標でもあったのだ。

いちど福岡で、九州文化協会の催しの際にお会いして、短い会話をかわしたことがある。

「お元気ですね。なにか日頃、健康のためにおやりになっていることが、おありなんですか」

と、おたずねしたのは、人生の大先輩に学ぼうというケチな気持ちからでもあった。

そんな私の俗っぽい質問に対して、野見山画伯は、ぼそっとひとこと、短い返事を返してくれただけだった。

「なーんも」

と、九州ふうの表現で首をふると、

「べつに、なーんもしてません。ただ絵を描いてるだけですよ」

ただ絵を描いているだけ、というその言葉には、千鈞《せんきん》の重みがあって、私は自分の軽薄な質問を恥ずかしく思ったものだった。

画伯に教えられた持続することの大切さ

絵描きさんにしても、詩人、小説家にしても、持続して描く、または書くことが何よりも大事だということを、あらためて教えられたのである。

アーチストも、年をとると創造力がおとろえてくるのは自然の理だ。しかし、それでもなお日夜、仕事を持続することが必要なのである。

持続すること。

若い頃のみずみずしい才気は失われても、それにかわる何かがそこにはあるのではないか。

そのときの行事のいくつかを淡々《たんたん》とこなして、野見山さんは風のように姿を消された。

〈きょうも、この後、カンバスに向うのだろうか〉

と、私は思い、自分もがんばらなければ、と、思ったことをおぼえている。

私よりはるかに年長の野見山さんの作品には、大家の円熟味よりも、若々しいエネルギーがあふれている。

とかく枯淡《こたん》の境地とか、風格とか、そんなものを求めがちな表現の世界において、野見山画伯の仕事は未知の領域に挑む野心にみちているように感じられる。

私も、半世紀ちかく日々書き続けている雑文の連載があり、ときには投げだしたくなるような気分をおぼえることもないわけではない。

しかし、そんなとき、ふと心に浮かんでくるのは、野見山さんの、さりげないひとことだ。

「なーんも。ただ毎日、絵を描いてるだけですよ」

その言葉を思いだすたびに、ペンを執る元気がわいてくるのだ。

野見山暁治　福岡県生まれ。東京美術学校油画科卒。学校を繰り上げ卒業し、中国東北部へ出征するも、病気で内地送還され終戦を迎えた。三十一歳の時から十二年にわたってフランスで絵画を学び、帰国後は、風景を題材に多彩な色と形が溶け合う独特の画風を生んだ。戦争体験から戦没画学生の遺族を回って遺作を集め、美術館「無言館」の設立に尽力した。

えっ？　キョウカショ？

半村《はんむら》良《りょう》（作家　一九三三年〜二〇〇二年）

半世紀を超えた泉鏡花文学賞

半村良さんは私と同時代に活躍した人気作家だった。『産霊山《むすびのやま》秘録』という伝奇小説には、彼の才能があふれるほどにつまっていて、いま再読しても途中でやめることができない魅力がある。

半村さんは多くの文学賞を受けているが、その中の一つに「泉鏡花文学賞《いずみきょうかぶんがくしょう》」というのがある。

泉鏡花文学賞は、出版社や新聞社が主催している賞とちがって、金沢市主催の文学賞である。

私もその創設にかかわった一人だが、二〇二三年に五十一回をむかえた。

泉鏡花という作家の魅力のせいか、地方の文学賞でありながら、「鏡花賞がほしい」と口にする作家も少《すく》なくない。これまでの受賞者を眺めても異色の文学賞といっていいだろう。

半村良さんは、その鏡花賞の第一回目の受賞者である。

選考会で半村さんに授賞が決まって、ご本人に電話で連絡する。主催者側の担当者が電話をすると、ご本人が「ハイ、半村良です」と、すぐに応じられた。

「あの、実はこのたび半村さんに鏡花賞が決定いたしまして――」

と、なにしろ第一回目なので、担当者もしどろもどろの応対である。

「えっ？　キョウカショ？」

「はい。半村さんの作品に決まったのですが、ご本人に受けるご意志がおありかどうか確認しなければと思いまして、お電話を――」

ひょんな聞きまちがい

どうやら半村さんは鏡花賞のことをご存知なかったらしい。それも当然である。なにしろ第一回目の催しなのだ。

「それで、いかがなものでしょうか」

と、市の文化課の若い担当者は、現役の作家と直接に話をするのははじめてなので、すっかりあがってしまっている。

「それは、まぁ、嬉しいことですから――」

と、半村さん。

「一応、お受けしましょう」

「あ、ありがとうございます」

もしも断られたらどうしよう、とハラハラして聞いていた主催者側の人たちも、ほっと胸をなでおろした様子。

後で、ご本人から聞いたのだが、若い担当者がすっかりあがってしまって早口で対応するものだから、半村さんのほうでも何が何だかよくわからなかったらしい。なにしろ泉鏡花文学賞などという賞は、まったく世間に知られていなかったからである。

「ぼくはすっかり教科書に自分の作品がのるという話かと思ってました。ぼくみたいな伝奇小説が教科書にのるなんてめずらしい話だと思ったんですが」

鏡花賞と教科書の聞きまちがいだったのだ。

「喜んでお受けする、とのことでした」

と、担当の若い人は、うれしそうに報告したが、とにもかくにもそんな感じでスタートした文学賞が五十一回目を迎えたのはめでたいことではある。

半村 良 東京都生まれ。両国高校卒。工員、バーテンダーなどの職を経て、一九六二年、「収穫」でハヤカワ・SFコンテスト入選。七一年発表の『石の血脈』で注目され、七三年、『産霊山秘録』で第一回泉鏡花文学賞を受賞。七五年、『雨やどり』で直木賞受賞。ほか『不可触領域』『どぶどろ』『岬一郎の抵抗』『かかし長屋』『すべて辛抱』など著書多数。

寝るより楽はなかりけり。浮き世の馬鹿が起きて働く

父・信藏《しんぞう》

勉学に励む後ろ姿を眺めて

私の父親は九州筑後《ちくご》の山村の出身である。九州山地の一角に、へばりつくように存在する集落に生まれた。

戦後しばらくまで、電気も水道もない「ポツンと数軒」だけの農家だった。

彼は信蔵という名だった。必死で勉強して、地方の師範学校の給費生となり、卒業後、地元の小学校に勤務した。その後、世界不況の嵐のなかで、新天地を求めて外地へ渡り、現在の朝鮮半島の各地を転々としたらしい。

地方の師範学校を出た小学校教師では、将来はたかが知れている。当時は出世ということが世の中の常識だったから、彼も階段を一段ずつ爪で這《は》いのぼるようにして努力した。私が子供の頃、夜中にトイレに起きると、玄関のせまい部屋でランプをつけ、机にむかって勉強している父の姿がいつもあったことをおぼえている。

しかし、どれほど頑張ったところで、帝大やら高等師範学校出身のエリートたちにはかなわない。後からきた秀才たちが、スイスイと追いこして出世をしてゆく。

それでも残された道を求めて、彼は必死で努力を重ねたらしい。当時の文検とか、専検とかいった昇格試験にチャレンジして必死で勉強を続けていたのである。

そんな努力の甲斐《かい》あって、私が中学に進む頃には、大都市の師範学校の教員をつとめていた。

それでもなお深夜の勉強は続けていたようだ。本棚には本居宣長《もとおりのりなが》、賀茂真淵《かものまぶち》、平田篤胤《ひらたあつたね》などの本と並んで、ヘーゲルやカント、西田幾多郎《きたろう》などの本が並んでいたのをおぼえている。

勤勉な父親の独り言

そんな父親が、夕飯のときに一本のビールを呑《の》む。呑み終えると食事もそこそこに、ちゃぶ台の下にごろりと横になって寝こんでしまう。

そのとき、必ず口の中で何かぶつぶつ呟《つぶや》くのだ。

「寝るより楽はなかりけり。浮き世の馬鹿が起きて働く――」

そんな父親の習慣を母はため息をつきながら眺めていた。

「寝るんなら、ちゃんとおふとんをしきますから」

と、揺さぶっても返事をしない。

それでも父親は夜明け前に起きて、毎朝、机に向かって何か書きものをしていた。私が目覚める頃には、庭で木刀の素振りをやっていた。彼は師範学校時代に、すでに剣道の有段者だったのだ。

ある日、こっそり父親の書いていた原稿の表紙の文字を盗み見したことがある。

『禊《みそぎ》の弁証法』という題だった。〈禊〉などという文字を読めたのは、父の本棚にその手の本が並んでいたからだ。

父は引揚げ後、ヤミ屋をやったり、いろんな仕事をしたのち、私が大学生だった頃、病気で死んだ。

父が呟いていたのは〈浮き世〉ではなく、〈憂《う》き世〉だったのかもしれない。

おわりに

ここに収めた文章は、月刊誌「致知」に長年にわたって連載されたものである。わがままな構成や乱暴な文章を、そのまま受け入れてくれた致知編集部のスタッフに、改めてお礼を申し上げる。

また、本書の刊行に当たっては、新潮社の新潮選書編集部のスタッフ、その他校閲部の丹念な仕事にお世話になった。

一冊の本ができ上がるために、いかに多くの人々のお力添えが必要かを改めて痛感した次第である。関係者の皆様に、改めてお礼を申し上げたいと思う。

二〇二四年十一月

五木寛之

＊本書は、月刊誌「致知」に連載された「忘れ得ぬ人 忘れ得ぬ言葉」（二〇一八年一月号～二〇二四年二月号）から四十六人分を抜粋し、加筆修正を加えたものです。

新潮選書

忘《わす》れ得《え》ぬ人《ひと》 忘《わす》れ得《え》ぬ言葉《ことば》

著　者………………… 五木寛之《いつきひろゆき》

発　行………………… 2025年1月25日
4　刷………………… 2025年6月5日

発行者………………… 佐藤隆信
発行所………………… 株式会社新潮社
〒162-8711 東京都新宿区矢来町71
電話　編集部 03-3266-5611
　　　読者係 03-3266-5111
https://www.shinchosha.co.jp
シンボルマーク／駒井哲郎
装幀／新潮社装幀室

印刷所………………… 株式会社三秀舎
製本所………………… 株式会社大進堂

ISBN978-4-10-603920-1 C0395

人間通　谷沢永一

「人間通」とは他人《ひと》の気持ちを的確に理解できる人のこと。深い人間観察を凝縮した、現代人必読の人生論。読書案内「人間通になるための百冊」付。復刊。《新潮選書》

怯《おび》えの時代　内山節

これほど人間が無力な時代はなかった。個人、国家、地球、それぞれのレベルで解決策がないことに気づき始めている。気鋭の哲学者が、「崩れゆく時代」を看破する。《新潮選書》

日本人はなぜ日本を愛せないのか　鈴木孝夫

強烈な自己主張を苦手とし、外国文化を巧みに取り込んで〝自己改造〟をはかる国柄は、なぜ生まれたのか。右でも左でもなく日本を考えるための必読書。《新潮選書》

本居宣長　「もののあはれ」と「日本」の発見　先崎彰容

古今和歌集と源氏物語を通して、日本の精神的古層を掘り起こした「知の巨人」。波乱多きその半生と探究の日々、後世の研究から浮かび上がる肯定と共感の倫理学とは。《新潮選書》

未完のファシズム　―「持たざる国」日本の運命―　片山杜秀

天皇陛下万歳！　大正から昭和の敗戦へと、日本人はなぜ神がかっていったのか。軍人たちの戦争哲学を読み解き、「持たざる国」日本の運命を描き切る。《新潮選書》

社会思想としてのクラシック音楽　猪木武徳

近代の歩みは音楽が雄弁に語っている。バッハからショスタコーヴィチまで、音楽と政治経済の深い結びつきを、社会科学の視点で描く。愉悦の教養講義。《新潮選書》